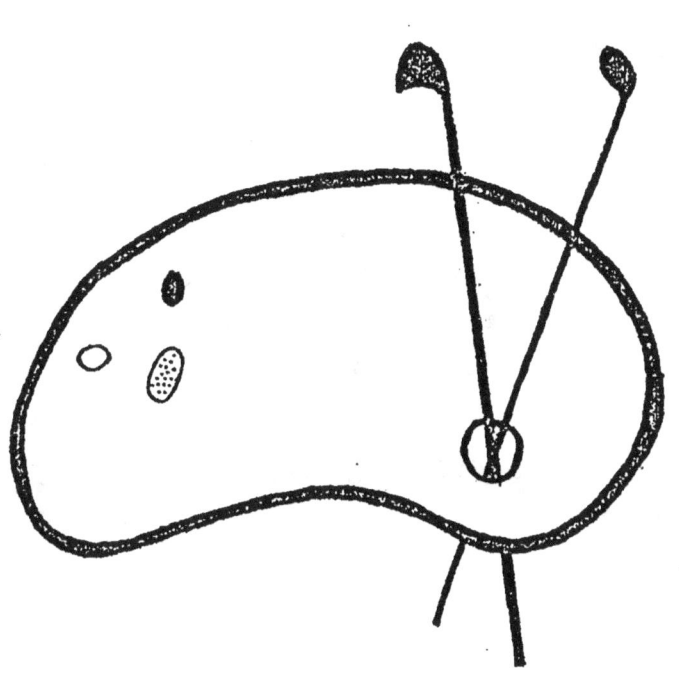

COUVERTURE SUPERIEURE ET INFERIEURE
EN COULEUR

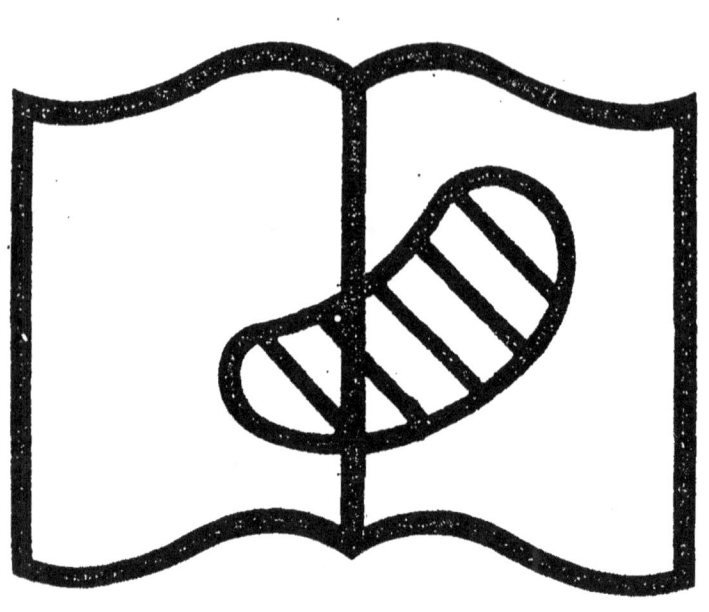

Illisibilité partielle

VALABLE POUR TOUT OU PARTIE DU
DOCUMENT REPRODUIT

931331

LE SONGE
DE COLOMB,

EN VERS,

ACCOMPAGNÉ DE NOTES HISTORIQUES, MORALES
ET POLITIQUES;

*Ouvrage relatif, en partie, aux démélés actuels
des Puissances de l'Europe;*

PAR FÉLIX CARTEAU, Colon réfugié.

Parcere personis, dicere de vitiis. *Hor.*

A BORDEAUX,

De l'Imprimerie de MOREAU, rue Porte-Dijeaux, n. 69.

AN 1809.

A M. LABOUBÉE,

AVOCAT ET HOMME DE LETTRES.

LES dédicaces des livres, MON CHER AMI, *ne sont pas aussi communes aujourd'hui qu'elles l'étaient autrefois. Pour n'être pas mal accueillies à présent, il leur est besoin de se montrer comme nécessitées à paraître, soit par le mérite, l'importance ou la dignité d'un ouvrage, soit par le devoir de rendre hommage au rang ou à la naissance, ou par d'autres pareils motifs.*

Quoique vous vous occupiez depuis long-temps d'un ouvrage de longue haleine, et qui sans doute ne sera pas sans prix, ce cas n'est pas cependant un de ceux que j'ai cités. Mais que n'ose pas l'amitié, et quels droits n'a-t-elle pas à l'indulgence ! Quand cet attachement est fondé, comme le nôtre, sur une conformité de caractères, de mœurs, de goûts et de sentimens, non-seulement

il se plaît à savourer intérieurement le charme de
ces liens, mais il cherche encore à épancher au
dehors la tendre et vive satisfaction qu'il ressent.

Tel est le mouvement qui m'a fait placer votre
nom à la tête de cet écrit.

Félix CARTEAU.

PRÉFACE.

J e publiai, il y a quatre ans, une brochure intitulée *Examen politique des Colonies modernes*, etc. (1) , dans laquelle je me permis de conseiller au Gouvernement Français de renoncer au projet de relever Saint-Domingue de ses ruines, etc. , m'étant convaincu que les Colonies à objets de luxe, avaient été funestes à tous les Etats qui en avaient possédé de considérables.

Je citais des faits; j'en déduisais mes preuves; j'en citais encore pour en induire, que la France , par sa position géographique, le caractère de ses habitans, la nature de son gouvernement, et la nombreuse variété de ses productions et de ses ouvrages recherchés par les étrangers, me paraissait la puis-

(1) Imprimé à Bordeaux, en 1805, par Beaume; se trouve à Paris, chez Guillaume, libraire.

sance qui pouvait, avec moins de dommage que toute autre, se passer de Colonies à luxe; et j'ajoutais que, délivrée de ces pommes d'une discorde éternelle, elle en deviendrait plus heureuse et plus puissante.

La nouveauté de cette opinion ayant heurté de front le préjugé général contraire, mon ouvrage fut dénoncé à Monseigneur le Ministre de la police générale de l'Empire, comme anti colonial, anti-maritime et anti-commercial; mais Son Excellence n'accueillit point cette démarche inconsidérée.

Quelques journalistes complaisans ou intéressés à couler bas mon opinion, se prêtant à l'animosité qu'elle avait fait naître, se mirent aussi sur les rangs. Mais, au lieu de nier les faits exposés dans mon écrit, ou d'infirmer mes raisonnemens, ils préférèrent de me tourner en ridicule par des quolibets, des lazzi et des jeux de mots. Mais quand Pasquin et Marforio s'escriment en paroles sur la place de Rome, on ne prend point leurs facéties pour de graves sentences.

Un adversaire, financier par état, pensant me prendre corps à corps, et me terrasser d'emblée, exposa dans une brochure,

de quelle importance Saint-Domingue avait
été à la France. Ce n'était pas là le point
dont il s'agissait; mais d'examiner si la masse
énorme des richesses de cette Colonie, avait
contribué à la tranquillité, à la fortune et à
la gloire de sa métropole. J'avoue que je suis
persuadé du contraire. Voici des faits sur
lesquels je me fonde.

Les mines de l'Amérique, me suis-je dit
souvent, étaient tout autrement importantes
que les revenus de Saint-Domingue, réunis
à ceux de toutes nos autres Colonies; cependant l'Espagne et le Portugal n'en sont pas
moins devenus bientôt les royaumes les plus
pauvres et les plus faibles de l'Europe.

La possession des îles à épiceries était bien
aussi importante que celle de Saint-Domingue; et néanmoins combien la Hollande
n'a-t-elle pas déchu depuis qu'elle en fut la
maîtresse !

La France, à dater de la minorité de
Louis XV, époque de l'établissement de ses
Colonies à sucre, en a-t-elle été plus riche
et plus puissante? On connaît les revers et
les humiliations qu'elle a éprouvés dans cet
intervalle. Et aujourd'hui qu'elle est privée

de ces possessions, elle n'a jamais été plus
redoutable.

Le commerce universel de l'Angleterre
est fort au-dessus de l'importance des produits de Saint-Domingue, et il n'a point em-
pêché cette puissance d'être actuellement
réduite aux abois, quoique ses pirateries
et sa mauvaise foi lui aient acquis d'autres
puissans moyens.

On voit, par cet exposé, comment toutes ces
belles importances s'éclipsent assez promptement devant l'importance bien plus active
des causes qui, sans exception, minent secrètement les puissances dont le principal commerce dépend des entreprises maritimes.

J'ai énoncé ces causes dans mon examen
politique, et j'en dirai quelque chose ici.
Jusqu'à présent on paraît les avoir ignorées,
ou plutôt on l'a feint, l'égoïsme s'étant plu
constamment à confondre l'intérêt particulier des places de commerce avec l'intérêt
général de l'état. Ce sont néanmoins des intérêts essentiellement distincts l'un de l'autre.
Pour s'en convaincre, il suffit de considérer
Cadix, Lisbonne, Londres, Amsterdam, et
comparer leurs richesses avec celles des pays

dont elles dépendent. Ceux-ci sont tombés dans la détresse; et dans ces villes, il y a quantité des maisons opulentes.

Cependant au milieu des cris de haro jetés contre mon système, des esprits moins précipités et plus impartiaux, pesant mes assertions dans le silence de la réflexion, ne les jugèrent pas aussi erronnées qu'on s'efforçait de les représenter.

Un journal connu par la sévérité de sa critique, loin d'user envers mon opinion de ses verges ordinaires, l'appuya, au contraire, de quelques considérations nouvelles dans un article (1) destiné à exposer la faiblesse de l'ouvrage de mon antagoniste, observant néanmoins que cette question, dans les circonstances présentes, devait être vue de très-haut, traitée avec plus d'étendue, et par des plumes bien exercées dans ces matières.

L'impartial auteur de la Bibliothèque commerciale, ouvrage périodique ouvert aux discussions de ce genre, voulut bien y insérer la presque totalité de ma brochure, l'ayant jugée assez importante pour la soumettre

_____

(1) Fenille du 19 Janvier 1806.

aux réflexions qu'elle demande, et laisser au temps et à l'expérience, de placer mon opinion dans le rang des rêves de l'abbé de Saint-Pierre, ou de lui imprimer le cachet de la saine raison. J'applaudis à tout cela, et je ne puis mieux le témoigner qu'en rappelant les esprits sur ce point intéressant, quoique le but de ce nouvel écrit diffère de celui du précédent.

Si cette question néanmoins ne dépendait que du temps, trois siècles de résultats pareils me semblent l'avoir conduite à sa maturité; et il n'y a plus rien à répliquer, quand ces résultats sont unanimement d'accord avec les événemens de la même nature, consignés dans les annales de tous les peuples commerçans. J'ajouterai que cette discussion m'ayant rendu plus attentif à tout ce qui pouvait la concerner, j'ai recueilli dans les journaux une cinquantaine de pages extraites d'ouvrages ou de mémoires du plus grand poids, en fait de notions politiques et commerciales, tellement conformes à mes principes, que je croirais moi-même les y avoir puisés, si mon écrit n'était antérieur à ces lectures.

Mais, objecte-t-on, d'après le système colonial qui règne en Europe, une nation ne
peut plus y acquérir un rang distingué, sans
posséder des Colonies. On ne peut plus se
passer de sucre, de café, de cacao, de coton,
d'indigo, de cochenille, d'épiceries, d'étoffes
des Indes, etc., etc. Soit : mais il n'en résulte
pas que mes assertions soient fausses ou
ridicules.

Il serait plus décent d'avouer, qu'on tient
tellement aujourd'hui à ces produits étrangers, que les démêlés perpétuels qu'ils
entretiennent, les flots de sang qu'ils font
couler, l'épuisement des états, le poids des
charges publiques, le dépérissement des manufactures et la misère générale, ne sont
que d'une faible considération, auprès de
la jouissance de ces objets de luxe. Quelle
est cependant la portion du peuple qui en
souffre le plus? Une foule innombrable de
sujets, immolés sur terre et sur mer, pour
une cause qui ne les touche presque pas ;
tandis que des citadins qu'elle enrichit, et
qui vivent en pleine sécurité, sous l'égide
de ces infortunés, persistent dans leur fatale
opinion; et par une contradiction inconceva-

ble, déclament avec aigreur contre les mesures employées actuellement, dans les vues
d'affranchir les mers de la tyrannie qui les
ouvre ou les ferme à son gré.

On ne peut plus se passer de denrées des
Deux-Indes; mais on peut s'en procurer
d'une manière moins ruineuse et moins barbare, en imitant les royaumes intérieurs de
l'Europe, la Turquie, la Russie, l'Autriche,
l'Allemagne, etc.; et l'on ne voit pas que ces
extractions aient affaibli ou appauvri ces empires.

Je serais volontiers partisan des Colonies;
mais je les voudrais entre les mains de leurs
Colons, ou soumises aux grandes puissances
des pays où elles sont situées, pour aller
traiter chez elles, comme on va dans le Levant acheter ce qui y croît, en échange de
ce que produit ou fabrique l'Occident. Il me
semble que cet arrangement préviendrait la
plupart des suites désastreuses que je reproche
au système opposé ; qu'il serait très-favora-
ble aux royaumes favorisés, comme la France,
d'un grand nombre de productions recherchées, et ne ferait naître qu'une louable émulation entre les peuples, à l'égard des ouvrages manufacturés.

Au reste, il devient chaque jour plus ur-
gent, pour l'intérêt même de l'Angleterre,
d'arracher le commerce européen de la situation désastreuse dans laquelle il est tombé.
Un grand génie s'en occupe. Malgré les
obstacles qu'on lui oppose, les hautes concep-
tions qu'il a déployées si souvent, nous doivent être d'un heureux présage pour l'accomplissement de cet héroïque dessein.

Je ne dirai qu'un mot à l'occasion de cette
nouvelle brochure. Sans cesse pénétré de
l'excès des maux qui nous accablent, mes
idées ont remonté vers l'origine de ces fléaux,
c'est-à-dire, à l'époque des découvertes faites
dans les Deux-Indes. Je n'y ai trouvé non
plus qu'une chaîne d'événemens déplorables,
dignes précurseurs de ceux d'aujourd'hui.
Ma plume n'a pu se refuser à les décrire.
Fecit indignatio versum.

Je ne puis finir sans m'expliquer sur deux
points essentiels. Cet ouvrage a exigé de moi
que je fisse mention de plusieurs traits révoltans émanés de la cupidité mercantille et du
fanatisme religieux. A l'égard des premiers,
l'amertume de mes reproches et l'accusation
d'avidité, de perfidie et de mauvaise foi, ne

tombent que sur la politique des cabinets
ministériels; ne doutant nullement qu'au sein
même des royaumes où l'esprit du gain règne le plus, il n'y ait beaucoup de gens d'affaires , commerçans ou autres , qui eux-
mêmes ne blâment intérieurement , et ne
gémissent à la vue des mesures injustes et
violentes de ces cabinets Je reconnais également dans le clergé catholique d'aujour-
d'hui , grâces aux lumières acquises , une
doctrine plus épurée, et conséquemment une
conduite opposée à celle que ce corps suivait
aveuglément dans les temps où l'ignorance
et la superstition avaient répandu des ténè-
bres épaisses sur tous les esprits.

LE SONGE DE COLOMB.

Quid non mortalia pectora cogis
Auri sacra fames? *Enéide, liv.* 3.

Le jour où de COLOMB l'errante caravèle,
Sur les eaux d'Haïti, dans un abri fidèle (1), *
A sa chiourme enfin eut rendu le repos,
Et couvert de lauriers la tête du héros.
Ce pilote immortel, hors de crainte en l'asile
Qu'offre à ses longs dangers une plage tranquille,
Aux attraits de Morphée abandonne ses sens, (2)
Et de ses doux pavots savoure les présens.
    Il en goûtait le charme en ces momens encore,
Où des songes légers en nous viennent éclore,
Comme pour prolonger les bienfaits du sommeil,
Et différer ainsi les soucis du réveil;
Lorsqu'à ses yeux ravis se montre un personnage,
Dont l'auguste regard, le gracieux visage,
Le port, la majesté, les habits radieux,
Peignaient moins un mortel qu'un habitant des cieux.
    « Je suis, lui dit cet être (ayant en appanage (3),
Comme divin esprit, d'user de tout langage),
Le génie occupé, de l'ordre du Très-Haut,
Des soins que le Ciel donne à ce monde nouveau.

(*) Chaque chiffre renvoie à sa note correspondante.

Tel sera l'un des noms du continent immense
Vers lequel t'a conduit une fatale chance.
Déplorable succès! que ce globe doit moins (4)
A l'esprit de sagesse, à de réels besoins,
Qu'à la cupidité, qu'au désir de la gloire,
Qu'à l'amour excessif d'une longue mémoire.
Ah ! si le sort d'Icare eût éteint ce désir (5)
De surnager aux temps, d'étonner l'avenir,
Par de hardis efforts, plus vains que nécessaires,
Quel calme on eût goûté dans les deux hémisphères!
Mais comment éluder ces décrets éternels, (6)
Qui menaçaient de mort nos dieux et nos autels ;
Qui changeront en champs d'angoisses et de larmes,
Des lieux où la nature a versé tant de charmes?
» Avide soif de l'or! à ta brûlante ardeur
Cette terre devra le comble du malheur :
Elle verra périr les tiges de ses princes ;
De longs ruisseaux de sang inonder ses provinces ;
Et malheur aux Indiens, au carnage échappés,
D'affreux genres de mort ils seront tourmentés;
A moins d'aller au loin, pressés par cette rage, (7)
Disputer dans les bois à l'animal sauvage,
Des lambeaux de sa proie, ou se nourrir de fruits,
D'une terre marâtre ingrats et vils produits.
« Mais, au glaive vengeur qui, du parvis suprême,
Plane sur la houlette et sur le diadème,
Le crime espère-t-il soustraire ses forfaits?
Non, non, sur lui toujours retombent ses effets:
Ainsi l'Europe, un jour, de fléaux poursuivie,
De ses iniquités se sentira punie.

« Permettez, dit Colomb, frappé d'un tel propos,
Seigneur, qu'à vos discours j'oppose quelques mots.
Loin de voir des fléaux naître de l'entreprise,
Qu'à mon zèle, à mes soins, Isabelle a commise, (8)
Pour l'Europe et ces lieux, en un accord parfait,
Il n'en peut résulter qu'un insigne bienfait.

» Si de l'homme isolé la vie est misérable,
Si son instinct le porte à chérir son semblable,
Pour la société si Dieu l'a fait enfin ;
Est-il rien de plus propre à remplir cette fin,
Que le projet utile autant que magnifique,
De soumettre ce globe à la loi pacifique
Des besoins mutuels, d'un intérêt commun,
Et des peuples épars de n'en faire plus qu'un ?
Quels jours rians pour eux, lorsque depuis l'aurore,
Jusqu'en cette contrée, et s'il en est encore ; (9)
Et de l'ourse au midi, mille liens divers
De leurs tendres effets rempliront l'univers !
Ah ! laissez-moi, Seigneur, goûter cette pensée ;
Je suis d'avance heureux, rempli de cette idée.
Eh ! quel présent du Ciel, si la religion
Resserrait de ses nœuds cette rare union » !

« Colomb, à tes desseins, reprit l'Être céleste,
Je ne prêterai point d'intention funeste.
Dans des vœux opposés ta belle ame se plaît : (10)
Le bonheur des humains est ton plus cher souhait.(11)
Mais ce fruit naîtra-t-il de ta grande entreprise ?
Ah ! loin que ton espoir un jour se réalise,
Cet intérêt commun que t'inspire ton cœur,
N'est qu'un mot dont abuse une agréable erreur.

» Sentiment éphémère, il est soudain sans vie,
Expirant sous les traits que lui lancent l'envie,
L'art de se supplanter, l'adresse de ravir,
L'abus de la puissance, et l'excès du désir.
De sa cendre paraît, hideux, chargé de vices,
L'intérêt personnel, fécond en injustices,
Dont l'esprit égoïste et de gains affamé,
De ceux d'un concurrent, inquiet, alarmé,
Ne cesse d'en troubler, d'en déchirer la trame,
Et se permet alors tout ce qu'osent d'infame
La soif de s'enrichir, l'orgueil de dominer,
La passion de nuire, et celle d'enchaîner.
Quel frein religieux arrêterait ces crimes?
Le vice écoute peu les plus saintes maximes:
Sous un voile sacré, leur abus, trop souvent, (12)
Inonda l'univers de larmes et de sang.
De même, à cette époque, où tu te plais à croire
Que les peuples heureux, bénissant ta mémoire,
Chériront les liens d'une douce union;
Les deux mondes en proie à la dissention,
Pleureront leurs enfans, dont chaque jour la guerre
Entassera les corps, et sur mer et sur terre,
Victimes de la soif dominante des gains ».
   Il dit: et soulevant le voile des destins,
Il en offre au héros le tableau redoutable.
Horrible ingratitude! ô vice détestable! (13)
Colomb, au lieu d'un temple à sa gloire élevé, (14)
Déchiré par l'envie et par la fausseté,
Se voit, en criminel, chargé de lourdes chaînes; (15)
Ici, c'est un Prélat multipliant ses peines;

Là, le dépit amer, jaloux de son renom,
Silencieux, qui laisse enlever à son nom (16)
L'honneur d'être celui de ces vastes contrées,
Que son perçant génie avait comme créées, (17)
Pour en donner la gloire à l'adroit imposteur,
Qui de leur découverte ose se dire auteur :
Enfin par une Cour, qui selon ses caprices,
Prise, dédaigne ou rend hommage à ses services,
Ses jours qui méritaient de couler si sereins,
Sont noyés de soucis et de tristesse empreints.

Colomb jette un soupir dans sa douleur profonde.
Cependant à l'aspect du sol du Nouveau-Monde,
Sur ses traits imposans son œil s'est arrêté.
Là, vers le pôle austral; ici, vers le côté, (18)
Où brille des nochers l'étoile salutaire,
De sauvages tribus couvrent cet hémisphère.
Peuples encore enfans, ils vivent dans les bois, (19)
Sans lettres et sans arts, sans culture et sans lois.
Heureux d'être aussi près de la simple nature,
Et du tien et du mien d'ignorer l'imposture !
Quel besoin auraient-ils de ce funeste droit?
Les fleuves, les forêts, leur bras robuste, adroit,
Sont des sources pour eux de saine subsistance,
Dont aucune saison ne tarit l'abondance ;
D'un tissu de rameaux le solide couvert
Garantit leur logis des injures de l'air;
Et revêtus de peaux aux animaux ravies,
Leurs membres des hivers affrontent les furies.
Avec de telles mœurs, d'aussi faibles besoins,
Ils vivent peu troublés de soucis et de soins:

Et si de leurs vertus la nuance est peu vive,
La marche aussi du vice y paraît inactive.
Mais, dans la zone heureuse où de l'astre du jour, (20)
Les plus ardens rayons ont placé leur séjour;
(Que calme néanmoins, régulière et suivie, (21)
Des vents étésiens l'haleine rafraîchie),
Le Héros aperçoit l'empire des Incas,
Celui des Mexicains, d'autres moindres états,
Où paraissent des arts, des terres cultivées, (22)
Des ateliers montés, des villes policées,
Les talens en honneur, des bras laborieux,
Des souverains, des lois, des temples et des Dieux.
Jeunes sociétés, où des désirs modiques, (23)
Des caractères doux et des mœurs pacifiques,
Permettent rarement à la discorde en jeu,
D'agiter ses brandons, d'y répandre leur feu.
Cet ordre social étonne moins sa vue
Que des métaux de prix la masse et l'étendue:
La terre en est paîtrie, ils brillent par filons (24)
Dans les lits de la plaine et sur les flancs des monts.
Et Pactoles nouveaux, chaque fleuve en ses ondes,
En apporte un tribut au sein des mers profondes.
Enfin, ce sol aimé de Neptune et Plutus,
Rival de ceux qu'arrose ou le Gange ou l'Indus,
Engendre le corail et la perle et la nacre (25),
Et les cailloux brillans qu'au luxe l'on consacre.
Ces bijous néanmoins, ces précieux métaux,
N'excitent nuls soucis chez ces peuples nouveaux:
Peu jaloux des effets d'une telle richesse,
Pour des biens plus réels ils gardent leur tendresse:

Toutefois, ils en ont d'ouvrés artistement,
Dont leur parure acquiert un surcroît d'ornement;
D'autres que l'on façonne en meubles de service, (26)
Ou soit pour rehausser l'éclat d'un édifice;
Embellir des palais les parois, les parvis;
Les autels des lieux saints, leurs voûtes, leurs pourpris.

    Colomb émerveillé se dit: « Par quelle grâce,
Ici, du cours de l'or n'est-il aucune trace?
Est-ce de la prudence un cas prémédité,
Ou l'effet naturel d'un esprit modéré?
Que de débats de moins sur la terre et sur l'onde,
Si cet esprit était plus fréquent en ce monde!
Des rayons de lumière éclairent ma raison;
Désormais je délaisse une fausse leçon.

    « Oui, je me rends, Seigneur, dit-il lors au génie;
J'ignorais de ce sol la richesse infinie.
Quelle carrière ouverte à nos Européens!
Ardens, immodérés dans le choix des moyens,
Je conçois les douleurs et les torrens de larmes,
Que ces pays devront à leurs funestes charmes »

    Soudain mille guerriers s'offrent à ses regards;
Le blason de Castille est sur leurs étendards.
La croix en une main, dans l'autre un cimeterre, (27)
Ils viennent envahir cette nouvelle terre.

    « Indiens, cria l'un d'eux, reconnaissez nos droits; (28)
L'erreur a trop long-temps habité sous vos toits;
Sectateurs de faux Dieux, et vieillis dans le crime,
Souvent le sang humain vous tient lieu de victime,
Et vous offrez sans cesse au grand flambeau des jours,
Un encens qui n'est dû qu'à l'auteur de son cours.

Barbares! délaissez ces horribles usages,
De ce prestige affreux dissipez les nuages;
Sortez de ce berceau de la religion, (29)
Et recevez de nous la saine opinion,
Qui, d'aïeux en aïeux, parvenue à nos pères,
D'un Être rédempteur vous dira les mystères:
Son sang divin coula pour sauver le pécheur,
Et montrer aux croyans le sentier du bonheur.
A ce dogme sacré si vous étiez fidelles,
Vous ne craindriez jamais les flammes éternelles.
Prêtez-lui donc l'oreille; acceptez-en les lois:
A ce prix devenus les amis de nos Rois,
Vous le serez encor du pontife suprême,
Qui dispose ici bas de chaque diadème, (30)
Et qui reçut du ciel, avec la vérité,
L'ordre d'en éclairer toute société. (31)
Recevez-en le don; dans ces feuilles écrite,
Que chez vous jour et nuit votre esprit les médite.
«Quoi! vous balanceriez!.... Quoi! payens, mécréans,
Votre main s'y refuse?... Aux armés! Castillans,
Immolez ces pervers, et que votre saint zèle
Frappe jusqu'au dernier cette troupe infidèle. (32)
Ainsi, dans Chanaan, maudit de l'Éternel, (33)
Expira sous le fer tout peuple criminel.
De même dévoués à la haine publique,
Périront l'incrédule et l'affreux hérétique ».·

A cet ordre émané d'un ministre de paix,
Le soldat en courroux, sans pitié, sans délais,
Massacre des Indiens la foule désarmée, (34)
Et donne un vaste champ à sa rage effrénée.

L'avarice aussitôt, sur cet immense sol,
Dans sa cruelle joie a déployé son vol.
Couverte de l'esprit imposant de conquête,
Sous ce voile imposteur il n'est rien qui l'arrête.

  « Soldats, répète-t-elle, à ce butin léger,
A ce faible triomphe, en voudriez-vous rester?
Ayez plus de souci, plus d'amour de la gloire,
Et cueillez plus de fruit des dons de la victoire.
Courez, et de plein vol, emportez ces remparts,
Où l'or en hauts monceaux éclate toutes parts; (35)
Où le moindre des lieux plus d'opulence étale,
Que n'en eurent jamais les Crésus, les Attale;
Comme aux mains de Midas l'or jaillit sur ces bords, (36)
Jugez à quelle masse y montent les trésors?
A Ferdinand d'ailleurs, à sa chère Isabelle,
Vous devez une preuve éclatante de zèle:
Eh! comment la fournir avec plus de splendeur,
Qu'en soumettant ce monde à votre bras vainqueur? »

  Ce discours séduisant, comme un tocsin de guerre,
Plus vite que l'éclair, compagnon du tonnerre,
Électrisant les cœurs, enflamme le soldat,
Le rend impatient de voler au combat.
Chrétien, il veut punir cette race barbare;
Cupide, il en espère une opulence rare.
Il s'élance aussitôt, et tel qu'un épervier, (37)
Qui, pressé de la faim, vers un faible ramier
Précipitant son vol, saisit l'oiseau timide,
Le déchire en lambeaux, et de sa chair avide,
Vorace, se repaît; tel, l'arme dans les reins,
Le Castillan poursuit ces paisibles humains:

Et soit sur les guérets ou dans le sein des villes,
Coupables, innocens, vigoureux ou débiles,
Tout ce qu'il en paraît subit son dernier sort.

    Heureux l'Indien ainsi moissonné par la mort!
Il n'a plus à souffrir tel horrible supplice,
Que dicte la fureur à l'atroce avarice;
Au gibet, sur la roue, ou sur de vifs charbons, (38)
  xpirent, ô douleur! alors les plus grands noms:
Leur crime n'était point, aux fers, dans l'esclavage,
De s'indigner, aigris de cet insigne outrage;
D'être peu disposés à la soumission,
Ou d'ourdir le tissu d'une rebellion;
Mais de leur impuissance à remplir la promesse,
Surprise à la frayeur, qu'arracha la détresse,
De combler d'un palais le salon le plus grand,
De joyaux précieux, d'effets d'or et d'argent.

    Alors du Potosi les mines mémorables.
D'autres dans le Mexique en richesses semblables,
Au médiocre effort des indolens Indiens,
N'avaient que peu ou point dispensé de leurs biens.
Ils s'étaient contentés d'en effleurer les veines, (39)
Et soit que le produit n'eût qu'égalé les peines,
Ou qu'un délai trop court les rendît impuissans,
Le peu qui leur manquait leur valut ces tourmens. (40)

    Ces cruels procédés, d'aussi graves injures,
Donnent naissance enfin à d'extrêmes mesures.
Colomb, la larme à l'œil, en suit les noirs tableaux,
Semés d'iniquités, de crimes, de tombeaux:
Il vit naître et durer cette guerre inégale, (41)
Au lent Américain, en tout lieu si fatale,

Qu'allume d'une part, en des cœurs irrités,
L'espoir de s'affranchir d'un joug de cruautés,
Et de venger l'affront d'une injure inouie ;
De l'autre, le besoin de s'armer d'énergie ;
De vaincre un désespoir trop funeste aux desseins
Des peuples d'Ibérie et de leurs souverains.

Rempli de son projet, l'habitant indigène,
Moins apathique enfin, dans l'ardeur qui l'entraîne,
Rassemble ses guerriers, forme des bataillons,
S'arme de mille traits, et de ses pavillons,
Sur le champ de bataille étale des armées :
Mais, hélas ! que peut-il contre les destinées ? (42)
Des armes quelquefois l'avantage est douteux,
Toujours il se défend en homme courageux ;
Exposé néanmoins à l'horrible tempête
De l'airain fulminant qui tonne sur sa tête,
Au mousquet assassin, au tranchant de l'acier,
Au choc impétueux du véloce coursier ' (43)
Il succombe, et ne laisse au jour que quelques restes
Échappés par hasard à tant d'assauts funestes.

O peuples dévoués aux derniers des malheurs !
Quelle rage a saisi vos féroces vainqueurs ?
Un tel excès de maux ne l'a point assouvie :
Vos débris fugitifs irritent leur furie.
Infortunés ! en vain, pour éviter la mort, (44)
Vous cherchez des abris : il n'est point de lieu fort,
Ni d'endroit écarté ; point d'effrayantes cimes,
De marais, de déserts, de forêts, ni d'abymes,
Qui puissent préserver vos déplorables jours ;
Là, vos dangers accrus sont loin de tous secours :

Des dogues exercés, lancés dans ces retraites,
Vous dévorent, ô Ciel! comme de fauves bêtes ;
Aveugles instrumens de vos vrais assassins.

Colomb, soumis à Dieu, respecte ses desseins.
Alors, de ses regards changeant les tristes scènes, (45)
Vers les lieux opposés, sources de tant de peines, (46)
Ses yeux, dans ce cahos, distinguent le délit,
Et comme l'insensé lui-même se punit!
Il voit ces agresseurs, enlacés dans leurs crimes, (47)
En être à juste droit les premières victimes;
Et dans le même abus d'autres états tombés,
En ressentir la peine à fléaux redoublés.

Aux Indes d'Occident, tandis que la victoire
Couronnait l'Ibérie et de dons et de gloire,
Le Lusitain de même, aux plages d'Orient, (48)
Couvrant de ses vaisseaux l'empire du trident,
Par de nombreux exploits, par de brillans trophées,
Soumettait à sa loi d'opulentes contrées.
Maître des rares bords, où la nature et l'art
Prodiguent mille objets recherchés toute part,
En richesse, en renom, il égalait l'Ibère;
Et l'Europe admirait leur fortune prospère.

Mais, d'un sort attentif à mêler du malheur
L'épine soucieuse aux roses du bonheur,
Ils ont déjà senti l'atteinte coutumière;
Riches, dans la mollesse usant leur vie entière, (49)
De leur esprit guerrier l'ardeur s'évanouit;
De leurs divers exploits le laurier se flétrit;
Des métaux introduits la masse numéraire,
A peine subvient-elle au simple nécessaire; (50)

Sons des toits dépourvus, la paresse et l'orgueil,
Couchés sur des tas d'or, reposent sur le seuil
Des palais, des maisons et même des chaumières;
Les guérets hérissés de ronces, de bruyères,
Et de l'ingrat genêt, presque stériles champs,
Ne peuvent plus suffire aux communs alimens;
Les sciences, les arts, le talent, l'industrie,
S'apprêtent à quitter l'une et l'autre patrie;
Et la gloire, adoptant de plus généreux bords,
Abandonne des lieux infectés de trésors.

Vers les rudes climats que fréquente Borée,
L'industrie a volé d'une aile rassurée: (51)
Sa voix y retentit des métaux du Midi;
Les peuples étonnés l'écoutent à l'envi.

« O vous, s'écriait-elle, hommes dont le génie
Ne démentit jamais sa puissante énergie!
Assez et trop long-temps dévoués au dieu Mars, (52)
Vous n'avez jusqu'ici chéri que ses hasards:
Aujourd'hui de Plutus accueillez les promesses;
A des exploits ingrats préférez ses richesses;
L'enclume, la navette et cent autres métiers,
Sont les champs lucratifs où croissent ses lauriers.
Livrés à ces travaux, Lisbone et l'Ibérie, (53)
Chacune à leurs produits volontiers asservie,
Des Deux-Indes alors vous touchez les tributs,
Comme si ces pays vous fussent dévolus ».

Fortunés, si toujours à ces arts nécessaires, (54)
Ils s'étaient limités: dans ces momens prospères,
Sans courir de hasards, et peu foulés de frais,
Leurs rapports eussent eu le ciment de la paix.

Il n'en fut pas ainsi. Leur vive convoitise,
Dans son ambition, de plus en plus éprise
Des deux sources d'où l'or jaillit à larges flots,
Ne se contente plus d'en percevoir des lots :
Chacun aspire au tout; il en est dans l'attente,
Et de cette fortune en secret se tourmente.

Quand ce fatal esprit, rapide en ses progrès,
Eut aperçu l'instant propice à ses projets,
Le monstre, de sa trompe, en planant sur l'Europe,
Du nuage profond qui lui sert d'enveloppe,
S'adressant aux rivaux des possesseurs de l'or,
Les anime en ces mots, d'une voix de Stentor.

«Peuple aimé de Neptune, industrieux Batave! (55)
Toi, dont le bras vaillant et le cœur toujours brave,
T'ont délivré du joug d'un inique tyran :
Albion, le souci du maître du trident! (56)
Et qu'Éole, naguère, ami tout aussi tendre,
D'un assaut furieux s'empressa de défendre :
Et vous, des fiers Gaulois illustres rejetons! (57)
A qui Mars a promis les lauriers à moissons :
Au faible Portugal, à la molle Ibérie,
Laisserez-vous ainsi l'Amérique et l'Asie?
Dans leurs riches produits, l'industrie et les arts
Vous donnent, je le sais, de copieuses parts;
Mais, craignez que honteux d'une vie indolente,
Ces peuples recouvrant leur vertu précédente,
Et rappelant chez eux les jours de Charles-Quint,
De Philippe son fils l'esprit jaloux, hautain,
Du grand Emmanuel les ressources fécondes,
Vous n'ayez plus de part aux trésors des deux-mondes.

Ravissez ces pays, pressez vos armemens,
La fortune sourit aux exploits éclatans».

Sur ses sillons blanchis, ainsi qu'un vaisseau vole,
Favorisé des flots et poussé par Éole;
De même ces rivaux, épris, nouveaux Jasons, (58)
De l'espoir de ravir de brillantes toisons,
Arborent, sans délai, la sinistre bannière
D'une lutte aggressive, injuste, meurtrière;
Et couvrant de leurs nefs le vaste sein des mers,
D'un pôle jusqu'à l'autre agitent l'univers.

Leurs essais ne sont point de vaines tentatives: (59)
Sur des peuples déchus, sur d'impuissantes rives,
Chacun d'eux aisément aux premiers ravisseurs,
Enlève quelque part du fruit de leurs sueurs;
Suit ses heureux succès, redouble les défaites,
Et joint à ses états de nombreuses conquêtes.

Ils s'entendaient alors; mais désunis depuis, (60)
L'un l'autre s'enviant tout avantage acquis,
De ce conflit suivi d'intérêts et de vues,
Mille différends nés, cent guerres survenues,
Harassent ces états, en chassent à jamais
Les bienfaits des profits et l'aisance et la paix.

Telle fut en tout temps la semence fertile
Des maux que doit ce globe à l'esprit mercantile.
Ainsi jadis Sidon, Tyr, les Carthaginois,
Marseille, les Rhodiens, Vénise, les Génois,
Jaloux de leur trafic, ardens dans les disputes, (61)
Consommèrent leurs jours en d'éternelles luttes.

Une céleste voix se fit entendre alors:
Europe, annonça-t-elle, à l'amour des trésors, »

Attends-toi de devoir la même destinée;
Mais d'autant plus affreuse à la terre attristée,
Que son sol en entier à ton commerce ouvert, (62)
Du fiel de tes débats en deviendra couvert.

   » Aveugle, de quel prix te seront les richesses?
Tu ne les connais pas. Infidèles, traîtresses,
Aujourd'hui dans nos mains, dehors le jour d'après,
Nul bienfait ne naquit de leur vaste progrès. (63)
Non, jamais l'or n'offrit de constant avantage:
De fléaux, au contraire, il fut toujours le gage.
Il déprave les mœurs, il amollit les bras, (64)
Il aime la discorde, il souffle les débats;
Il dépeuple les champs, en surchargeant les villes; (65)
Délaisse les vrais biens pour des objets futiles;
L'amour de la patrie est en lui comme nul, (66)
Si son propre intérêt n'entre dans le calcul;
Il applaudit au luxe, il chérit son sophisme;
Il grave dans les cœurs le funeste égoïsme;
Et toujours dirigé vers de vils intérêts,
Il respire la guerre au milieu de la paix.

   » De quelle guerre, ô dieux, s'occupe-t-il encore! (67)
Il n'en est aucun trait, qui, vil, ne déshonore;
Ne décèle un esprit sanguinaire, inhumain,
Et n'ait été commis avec un front d'airain.
Là règnent les poignards, le poison, l'incendie,
Le vol, la trahison, le dol, la perfidie,
Le mépris prononcé du droit des nations,
Et l'audace de mettre en lois ces notions.

   » Ainsi l'attestera la coupable Angleterre.
Pour d'ignobles projets tyrannisant la terre,

Ses immenses profits, toujours perçus en vain, (68)
Vers un terme fatal la conduiront enfin.
Puisant dans ses succès le goût du monopole,
Et le droit exclusif d'encenser cette idole,
En butte aux nations, s'épuisant en efforts,
Elle y verra tarir les flots de ses trésors.

» Fastueuse Albion! colosse aux pieds d'argile, (69)
Ta tête d'or rendra ta chûte plus facile.
Peut-être une tempête, un sinistre combat,
Faneraient pour jamais ton radieux éclat.
Je t'aperçois déjà ployer sous les subsides (70)
Qu'exigent tes desseins chaque jour plus avides;
D'une dette inouie oppresser tes états;
La plupart de tes champs languir faute de bras;
Tes greniers aux besoins ne pouvoir satisfaire; (71)
Le luxe de tes ports engendrer la misère; (72)
Enfin d'un vil papier absorbant ton crédit, (73)
De l'argent disparu couvrir le déficit.

» Tel est le double sort qui poursuit l'opulence;
L'ambition la perd, si ce n'est l'indolence.
L'histoire est le garant de cette vérité;
Et les temps à venir le seront du passé ».

C'est ainsi qu'à Colomb le destin développe
Les fléaux dont, un jour, il frappera l'Europe.
Sensible, le héros en demeure interdit;
Mais rien ne trouble autant la paix de son esprit,
Que des jeunes essaims la multitude énorme, (74)
Contrainte en ces momens à prendre l'uniforme.
« Fatale loi, dit-il, dure nécessité;
Triste et dernier effet de la cupidité,

Combien de peuple éteint avant même de naître;
Combien les champs de Mars en verront disparaître;
De crimes et de maux quelle horrible foison,
Et je serai l'auteur de ce funeste don » !

L'affliction amère où ce penser le plonge,
Le réveille en sursaut et termine ce songe.

FIN.

~~~~~~

NOTES

SUR LE SONGE

DE CHRISTOPHE COLOMB.

NOTE PREMIERE.

Sur les eaux d'Haïti, dans un abri fidèle.

Haïti : c'était ainsi que les naturels appelaient l'île à laquelle Colomb donna le nom d'Hispaniola, et qui ensuite reçut des Français celui de Saint-Domingue.

Quoique j'aie placé la scène de ce morceau de poësie dans un des ports de cette île, elle ne fut cependant pas la première terre que Colomb découvrit, et où il aborda. Cette distinction est due à Guanahani, l'une des Lucayes, groupes d'iles basses, sablonneuses et stériles, au nord d'Haïti, et distantes de celle-ci d'environ 30 lieues : elles étaient néanmoins peuplées alors. L'amiral y ayant appris des habitans, que l'or des petits orne-mens dont ils composaient leur parure, provenait d'une île beaucoup plus grande, il se hâta de s'y rendre. L'em-pressement qu'il y mit, ne lui permit pas en cotoyant l'île de Cuba, de s'y arrêter. Il n'y mouilla que pour des besoins indispensables. Il usa de la même diligence en ran-geant Haïti, jusqu'à ce qu'il se vît parvenu dans une de ses

3

baies , qu'on l'assura voisine des monts Cibao , réputés riches en mines d'or.

Cette baie est à quatre lieues du Cap-Français. Colomb lui donna le nom de *Puerto-Reale* , et les Français l'ont appelée baie de *Caracol*.

Cet endroit est conséquemment le premier du Nouveau-Monde , où les Européens se sont établis.

Note 2.

Aux attraits de Morphée abandonne ses sens.

L'histoire vient à l'appui de cette supposition , d'ailleurs fort naturelle. On y lit que Colomb accablé de veilles et de travail , et se voyant près de *Puerto-Reale* , chargea son pilote du soin d'y faire entrer sa caravelle. Celui-ci , fatigué de même , confia le gouvernail à un jeune marin , et alla se reposer aussi. C'est sous la conduite de ce dernier , que le bâtiment périt , ayant donné sur des rescifs : l'expédition était composée de trois vaisseaux.

Il n'est pas étonnant que ces équipages fussent accablés de lassitude et de sommeil. Ils ne naviguaient pas dans des mers libres et fréquentées ; mais dans des parages étroits , inconnus , semés d'îlots , de cayes et de bas-fonds , aujourd'hui même redoutés de nos marins. Malheureusement encore , ils remontaient contre le vent depuis Cuba , ce qui alongeait extrêmement leur navigation et multipliait les dangers.

Note 3.

Ayant en appanage , etc.

Un être divin n'est censé ignorer aucune langue. Quant à Christophe Colomb , italien d'origine , c'est-à-dire , né dans une des villes de la république de Gênes , ayant navigué dans sa jeunesse avec ses compatriotes ; ensuite avec les Portugais ; s'étant marié parmi ceux-ci, et ayant enfin passé huit ans en Espagne à y solliciter des secours qui le missent en état de tenter son hardi projet ; Ces particularités supposent nécessairement que ce grand homme savait parler au moins trois langues.

NOTE 4.

Déplorable succès ! etc.

Depuis long-temps on a mis en question, si la découverte du Nouveau-Monde a été plus nuisible que profitable aux peuples de l'Europe ?

Des deux côtés on a soutenu hautement l'affirmative. Les fauteurs du luxe et des richesses n'ont vu dans les produits des Deux-Indes, soit qu'ils vinssent des mines, ou de l'agriculture ou des arts, que des moyens féconds d'Enrichir l'Europe, et de procurer à ses peuples, une vie plus agréable, en leur créant une multitude de jouissances inconnues jusqu'alors.

Leurs adversaires, en convenant de cet effet particulier, mais d'une légère considération pour eux, l'ont amplement balancé par un désavantage beaucoup plus sérieux ; par une foule de maux graves et inévitables qui tombent sur le corps de l'état, par suite des vices nombreux qu'y introduit le séduisant cortége des jouissances tellement multipliées.

La suite des notes éclaircira suffisamment cette question.

NOTE 5.

Ah ! si le sort d'Icare eût éteint ce désir, etc.

Les Grecs, dont le génie brillant et fécond se plaisait dans les allégories, couvrirent, sous l'aventure fabuleuse de Dédale et de son fils , un événement plus vraisemblable et bien important ; celui de l'entreprise du mortel téméraire qui, le premier , usa dans la navigation du secours des voiles. Avant lui les navires ne marchaient en mer qu'au moyen des rames et de l'effort des bras.

Voici la vraie histoire du père et du fils. Enfermés l'un et l'autre dans le labyrinthe de Créte par ordre de Minos , le crime de Dédale était d'une nature à lui faire redouter une punition sévère. Pour s'y soustraire , cet artiste ingénieux , aidé par des mécontens qui lui fournirent quelques légers bâtimens de mer , imagina d'augmenter la vivacité de leur marche , et conséquemment la célérité de sa fuite , en y adaptant des antennes et des voiles. Ce moyen lui réussit parfaitement. Il laissa loin derrière lui les navires envoyés à sa poursuite, et il gagna la Sicile sain et sauf. Icare périt en mer , le siens s'étant brisé sur un écueil.

NOTE 6.

Mais comment éluder ces décrets éternels , etc.

On ne saurait contester la grande influence de certaines traditions sur la bonne ou mauvaise fortune des Etats , suivant l'impression qu'elles y avaient laissée.

Chez les Romains il en subsista une qui portait ; qu'en fouillant les fondemens du Capitole, on y avait trouvé une tête humaine ; sur quoi les augures consultés avaient répondu que Rome deviendrait la maîtresse du monde.

Ce présage, gravé dans l'esprit de chaque citoyen, ne contribua pas médiocrement à l'acquisition de l'empire immense où cette ville parvint. Les Romains durent à cette prédiction la constance et la fermeté qu'ils montrèrent dans leurs revers. Elle était supposée venir du ciel , et le ciel ne trompe point. Dans les succès , elle les poussait vers de nouveaux triomphes, certains, pour ainsi dire, d'en voir l'accomplissement.

Des traditions décourageantes, répandues dans le Pérou comme dans le Mexique avant l'arrivée des Espagnols, aidèrent vraisemblablement à la prompte ruine de ces grands Empires.

On racontait dans le premier, qu'anciennement un fantôme humain avait apparu à un prince du sang royal des Incas, sous une couleur de visage, des traits et un habillement fort différens de ceux des Péruviens ; et que ce spectre s'était donné le nom de Viracocha, ce qui veut dire issu de la Divinité suprême.

Suivant un autre bruit commun, Huaina-Capac, souverain du Pérou, décédé peu d'années avant l'apparition des Espagnols, avait prédit, étant dans son lit de mort, que sous peu il arriverait dans ses états, des étrangers, hommes extraordinaires, qui raviraient l'empire à ses fils, et détruiraient la religion du Soleil.

Imbus de ces tristes présages, les Péruviens ne purent se défendre, à l'aspect des Espagnols, de les prendre pour autant de Viracochas. La blancheur de leur teint, leurs longues barbes, leurs armes, leurs habits et leurs chevaux les y autorisaient ; et dès-lors ils ne virent en eux que les ministres de la vengeance divine dont ils étaient menacés.

Un bruit équivalent, répandu dans le Mexique, avait jeté le même effroi dans les esprits. On s'y attendait à voir arriver bientôt de l'Orient une race d'hommes invincibles, destinés par le Ciel à venger les crimes de la nation.

Si l'on ignorait les alarmes, la terreur et le découragement que les peuples contractent sur de pareils bruits, on aurait de la peine à expliquer la conduite pusillanime des souverains de ces deux empires qui, l'un et l'autre, ayant des armées nombreuses et aguerries à opposer aux premières attaques d'une poignée d'Espagnols, n'en firent aucun usage, et préférèrent recevoir ces agresseurs, comme des gens bien venus, des amis, des êtres surnaturels, en envoyant au-devant d'eux des ambassadeurs les complimenter sur leur arrivée, et leur offrir des présens de tout ce qu'il y avait de riche et de curieux dans leurs états.

NOTE 7.

A moins d'aller au loin, pressés par cette rage, etc.

Le fait est réel. Le peu d'Indiens qui échappèrent, dans le continent méridional, au fer, au feu et aux dogues des Espagnols, se réfugièrent dans ces terrains immenses situés entre les Cordillières et les Guyanes, régions perpétuellement couvertes d'épaisses forêts, coupéespar quantité de fleuves et de rivières, abondantes en lacs, en marais et autres eaux stagnantes : siége perpétuel d'animaux féroces, et d'une multitude innombrable d'insectes ailés et de reptiles monstrueux. Les Mexicains fugitifs se cherchèrent un asile vers la Californie, dans des pays presque déserts.

NOTE 8.

Qu'à mon zèle, à mes soins Izabelle a commise.

Le mariage de Ferdinand V, roi d'Arragon, avec Izabelle, reine de Castille, réunit sous leur pouvoir les Espagnes entières, après qu'ils y eurent joint le royaume de Grenade, dont ils firent la conquête sur les Maures, au mois de Janvier 1492.

La joie que la cour ressentit de cet événement, contribua beaucoup à y disposer mieux les esprits en faveur des sollicitations de Colomb, qui demandait à être aidé du trésor public, dans son projet d'aller tenter la découverte des terres., qu'il supposait exister vers l'Ouest, dans l'Océan atlantique.

Il s'en disait comme assuré; mais, en général, on mettait cette entreprise dans le rang des chimères, et on le traitait de visionnaire. Il comptait néanmoins quelques partisans à la cour et dans les provinces. Ceux-ci ne s'étaient jamais adressés qu'à la Reine, en faveur du dessein de Colomb : elle y paraissait plus disposée que Ferdinand. Ses refus n'avaient même porté que sur l'épuisement des finances, occasionné par la guerre longue et coûteuse qui avait chassé les Maures de l'Espagne. Délivrée de ce fardeau, Izabelle consentit enfin à se prêter aux vœux du pilote génois.

Cependant les moyens pécuniaires de la reine étaient si faibles, qu'elle ne put fournir pour cette entreprise, que trois pinques ou caravelles, avec une partie des frais de leur équipement. Le reste fut avancé par les trois frères Pinçon de Palos, ville d'où Colomb partit le 3 Août 1492.

Dans la charte qu'on lui délivra, le roi d'Arragon n'y intervint que par sa signature. Les frais fournis par le trésor, le furent au nom du royaume de Castille, et les profits présumés lui étaient réservés. Dans le nombre des particularités qui confirment ce que j'avance, je ne citerai que ces deux vers écrits sur l'écusson des armoiries données ensuite à l'Amiral :

Por Castilla y por Léon
Nuevo mundo hallo Colon.

Ces deux états appartenaient à Izabelle.

Quoique cette reine et le roi Ferdinand, son mari, gouvernassent les Espagnes de commun accord, il paraît

qu'ils regardaient chacun leurs royaumes propres comme
des états distincts, dont les droits ne devaient pas être
confondus. Dans le cas de défaut de lignée, les Cortes se
seraient assemblées et auraient élu un souverain. Jeanne-
la-Folle, issue de Ferdinand et d'Izabelle, épousa Phi-
lippe-le-Beau, fils de l'empereur Maximilien I.er. De ce
mariage provint le fameux Charles-Quint qui, réunissant
ainsi sur sa tête les droits de ses aïeuls maternels, devint le premier roi de toutes les Espagnes ; et par ses
autres titres et domaines, le plus puissant potentat de
l'Europe.

NOTE 9.

Et s'il en est encore.

Colomb, aussi savant géographe qu'habile marin, devait supposer des terres et des mers au-delà de celles qu'il
venait de découvrir. Leur étendue ajoutée à celle des parties connues de son temps du vieil hémisphère, ne remplis-
sait pas, à beaucoup près, la somme de trois cent soixante
degrés qui divisent en longitude la surface du globe : il
s'en manquait environ d'un tiers, à prendre depuis Hispaniola jusqu'au Japon, royaume dont on avait déjà eu
connaissance.

NOTE 10.

Dans des vœux opposés ta belle ame se plait

Colomb, quoiqu'innocent, eut des torts graves auprès
de la nation espagnole. Ce fut premièrement d'y être étranger, et néanmoins d'avoir eu l'orgueilleuse présomption,
dans le cas où son projet lui réussirait, d'exiger des charges qui l'élèveraient au second rang de la monarchie. La
jalousie et le dépit ne cessèrent de s'en trouver offensés.

L'extrême tort qu'il eut ensuite, ce fut d'être doué d'une

ame droite et d'un cœur sensible et compatissant, qui s'indignait à la vue ou au su du moindre trait d'injustice ou de vexation ; et malheureusement pour lui, les cas en devinrent extrêmement fréquens, aux diverses époques de ses découvertes.

· Telle est la clef des déboires et des afflictions que ce grand homme éprouva dans cette patrie adoptive, dont il avait si fort étendu la domination, et à laquelle il avait acquis des richesses prodigieuses.

Il n'est point surprenant que des particuliers dont il s'efforçait de réprimer les violences ou la cupidité, le déchirassent, le couvrissent de calomnies, et n'ameutassent les haines contre lui. Mais que la cour ne se conduisit pas d'une manière moins ingrate envers cet homme de mérite, c'est ce qui paraîtra toujours étonnant.

Après lui avoir accordé des faveurs, ou, pour mieux dire, des récompenses méritées, dans le premier enthousiasme de ses succès, elle parut s'en repentir dans la suite ; et plus d'une fois elle lui fit avaler jusqu'à la lie, le calice d'amertume.

NOTE II.

Le bonheur des humains est ton plus cher souhait.

Rendons justice au pilote génois : quoiqu'il stipulât, dans ses accords avec la reine de Castille, qu'il serait grand amiral et vice-roi des terres et des mers qu'il découvrirait ; qu'encore il se réservât le dixième de tout ce qui en serait exporté, on ne peut néanmoins, sur ces raisons, l'accuser d'ambition ou de cupidité, de cette dernière principalement. Il ignorait complétement alors, soit l'étendue, soit les richesses du nouvel hémisphère. Pouvait-il se flatter,

en outre, que la conquête en serait facile, et la possession aussi prompte?

Quant à son ambition, jamais il n'y en eut qui méritât
moins d'être blâmée. Certes, des honneurs, quelque grands
qu'ils fussent, concédés à une famille, étaient bien infé-
rieurs au prix du service qu'on attendait de son chef. Ce
service devait être perpétuel, et concernait la nation entière. Les dignités renfermées dans une seule lignée, devaient expirer avec elle. D'ailleurs, que risquait l'Espagne,
si le projet ne réussissait pas? Elle n'en eût été que pour
la perte de quelques deniers, tandis que le Génois y aurait
employé en vain son temps et ses peines, couru mille ris-
ques, et au retour, se serait trouvé en butte aux traits acé-
rés de tant de gens qui ne jugent des choses que par l'événement.

On peut ajouter en faveur de Colomb, que jusqu'à ce
jour, n'ayant point obtenu de grâces de la fortune, malgré
ses longues navigations, il en avait acquis le droit de s'en
procurer sur la fin de ses jours, et de se préparer une vieil-
lesse aisée et honorable.

Note 12.

Sous un voile sacré, leur abus trop souvent, etc.

En examinant sans prévention les motifs des princes ou
des particuliers qui, depuis l'époque où se manifesta en
Europe l'esprit des découvertes, en ordonnèrent ou en entreprirent sur les côtes d'Afrique, dans les mers orientales, ou vers les confins de l'Océan atlantique, en suivant
ces voyages, en examinant ces expéditions, on remarquera
que la gloire quelquefois, plus souvent la cupidité, et toujours le prétexte de la propagation de la foi catholique, dé-
terminèrent ces entreprises.

Parmi ces motifs, quel fut celui qui exalta le plus les têtes des aventuriers, les poussa vers de si nombreuses conquêtes, et leur fournit le plus de prétextes plausibles pour se souiller de crimes et de sang?

La grandeur d'ame, la modération et la générosité accompagnent ordinairement les entreprises qui ne doivent leur origine qu'au désir d'une brillante renommée. Cette passion, satisfaite de ses lauriers, n'impose aux peuples, une fois soumis, que le joug inséparable du soin de pourvoir à la sûreté de la conquête. Ainsi se conduisirent les plus fameux héros; ainsi se comportèrent le prince Henri de Portugal et Christophe Colomb.

La cupidité n'a pas des pensées si nobles ni si libérales. Si seule néanmoins elle eût réglé les démarches des Espagnols et des Portugais dans les Deux-Indes, leur propre intérêt les aurait retenus en des bornes plus resserrées, relativement à l'effusion de sang et à l'étendue de leurs conquêtes. Ils eussent bientôt compris qu'en exterminant les Indiens, ils se privaient des bras destinés à les servir, soit pour cultiver la terre, soit pour tirer du fond de ses entrailles ces riches métaux, l'objet de leur vive convoitise.

Accuserai-je donc la religion chrétienne de tout ce qui se commit d'inique et de cruel durant ces découvertes? A Dieu ne plaise que je rejette ces horribles traits sur la doctrine de l'Évangile. Douce, humble, conciliante, abhorrant le sang et méprisant les biens temporels, sa morale est diamétralement opposée à toute espèce d'avidité, à toute pensée sanguinaire. C'est, au contraire, à l'oubli de cette morale, dont un fanatisme cruel et insensé prenait le masque, que les indigènes des pays découverts durent l'excès de l'infortune et du mal dont on les accabla.

A l'exemple des lois de Moïse, l'église a trop souvent

usé d'une intolérance rigoureuse , et l'a nourrie de tourmens
et de sang. Malheureusement pour les Américains, c'était
des prélats d'une nation la plus sévère sur ce point , qui
guidaient alors des assaillans déjà fanatisés par leur édu-
cation.

Je veux croire que la soif de l'or aurait suffi pour exciter
les Espagnols à commettre des crimes aussi nombreux et
aussi révoltans. Mais, seule, elle eût enfin rougi de ses
atrocités; du moins, des remords intérieurs rongeant en
secret ces cœurs barbares, leurs iniquités en auraient souf-
fert cette espèce de châtiment.

Mais un pareil cri de la conscience n'accompagne jamais
les barbaries commises au nom du Ciel. L'Etre offensé est
infini; il est juste que la peine le soit en proportion. Agir
différemment, ce serait trahir la cause de Dieu. Non, le
zèle religieux, poussé jusqu'au fanatisme, n'ouvre point ses
entrailles à la miséricorde. Loin d'être ému de pitié auprès des tourmens qu'il ordonne, il est de bronze à leur
aspect : il s'en applaudit; il s'en glorifie; il s'en forme des
titres pour en obtenir un relief sacré dans ce monde, et
dans l'autre, une récompense bien méritée.

NOTE 13.

Horrible ingratitude , ô vice détestable !

Aucune époque de l'histoire ne présente , en aussi peu
de temps , autant de traits déchirans d'ingratitude , de perfidie et de méchanceté; que celle de la découverte de
l'Amérique, et des événemens immédiats qui la suivirent.

La raison en est sensible. Chacun y courait avec ardeur
vers des objets qui flattent le plus les passions les plus vives:
emplois lucratifs, charges honorables, fortunes rapides,
richesses excessives, éloignement des yeux surveillans, et

la facilité d'exercer une autorité presqu'arbitraire : la calomnie d'ailleurs avait beau jeu ; l'extrême distance de la métropole lui fournissait une libre carrière, et elle avait fait
une profonde plaie long-temps avant qu'on eût pu con-
naître son infame dessein.

Il arriva de cet état de choses, qu'à très-peu d'aventuriers près, parmi ceux qui s'étaient éminemment distingués
dans ces périlleuses entreprises, les autres eurent la douleur de se voir débusqués de leur grade ou de leurs commandemens, sacrifiés sans raison légitime à des intrigues
de cour, dont ils n'avaient eu aucune connaissance.

Après des services longs et éclatans, et au moment où
de pleins succès et de nombreuses cicatrices leur donnaient
le droit de s'attendre à des récompenses de la part de l'Etat,
ils se voyaient déchus de leur rang ou de leur autorité,
et obligés de les céder, soit à des individus qui n'a-
vaient pris qu'une légère part dans ces exploits, soit
à de nouveaux venus qui y étaient absolument étrangers.
Ces derniers n'avaient d'autre mérite, que d'être des gens
de cour, des flatteurs, des protégés des ministres, d'adroits
solliciteurs, de purs intrigans, ou des personnes de qualité, réduites à ce seul titre ; tous, en général, manquant
de suffisance ou de talent.

C'est pour de pareils personnages que Colomb, Cortés,
Balboa, Grijalva, Ovando et autres de cette trempe, cou-
rurent tant de dangers, et supportèrent des travaux inouis.
Sur la fin de ses jours, Cortés mendia son pain. Personne
n'ignore les reproches qu'il fit à Charles-Quint.

NOTE 14.

Colomb, au lieu d'un temple à sa gloire élevé.

Le marin célèbre qui, ayant eu la sagacité de supposer

l'existence de quelques nouvelles terres, fut abreuvé, à cette occasion, pendant sept à huit ans de sollicitations, de refus, de dédains et de risées, et qui ensuite eut l'intrépidité d'affronter des mers inconnues, de s'y hasarder, d'y braver les tempêtes et les écueils, et qui parvint enfin à découvrir un nouvel hémisphère, en luttant encore contre un équipage mutiné, plus dangereux pour lui que le courroux des flots, ce grand homme, dis-je, méritait bien, sans doute, que la nation espagnole, admirant son génie et son courage, érigeât un monument à sa mémoire.

Elle l'aurait dû encore aux vertueuses qualités de son cœur, à la douceur de son caractère, à sa tendre humanité, à sa droiture, à son amour de la justice, et à sa haine prononcée contre tout ce qui trouble l'accord et le bonheur de la société.

Il suffit d'exposer la conduite de Colomb dans ses voyages au Nouveau-Monde, pour composer son panégyrique.

Arrivé à Guanahani, les insulaires, charmés de sa douceur et de ses égards pour eux, ne balancèrent point à se lier avec les équipages ; et, dans un commerce familier, à échanger leurs petits ornemens d'or, pour des colifichets d'Europe. Cette confiance devint telle, qu'au départ des Espagnols, les Indiens s'offrirent volontairement de leur servir de guides pour les conduire vers Haïti, d'où leur venait ce précieux métal.

Les insulaires de Cuba, s'empressèrent de lui rendre le même service, gagnés également par ses manières affables et ses procédés généreux.

Arrivés sur les côtes d'Haïti, ses habitans, effrayés du spectacle inconnu des vaisseaux et des hommes qui les montaient, fuyant de toutes parts, et s'enfonçant dans les bois, Colomb parvint promptement à vaincre leur méfiance et à dissiper leur frayeur, en leur faisant des signaux d'amitié, et en leur en donnant des preuves non équivoques. La reconnaissance des Haïtiens égala la justice et l'humanité de l'amiral. Ils n'eurent pour ainsi dire rien à eux, pendant le séjour assez long des Espagnols à Puerto-Reale. On conduisit ceux-ci aux mines de Cibao : on leur fournit gratuitement des vivres frais ; et à leur départ, le cacique leur permit de bâtir un fort dans ce lieu, et d'y laisser une garnison.

Sans le suivre ainsi dans chacune de ses expéditions, j'ajouterai que Colomb, ne démentant jamais ce caractère de douceur, de bonté et de droiture, n'eut pas une occasion de querelle avec les Indiens ; et ne fut point dans la nécessité d'en venir contr'eux à la voie des armes ou de la violence, du moins pour des faits provenans de lui.

NOTE 15.

Se voit en criminel chargé de lourdes chaines.

Les Espagnols, loin de rendre hommage aux qualités héroïques de Colomb, s'attachèrent à épuiser sur lui ce que l'envie et la haine peuvent suggérer de sensible et d'amer à un cœur qui n'a rien à se reprocher.

Les yeux de la jalousie furent d'abord blessés des honneurs qu'on lui rendit au retour de son premier voyage : ils furent en effet excessifs. La cour était à Barcelone, colomb eut ordre de s'y rendre. Sa longue marche fut un triomphe continuel : les chemins étaient jonchés de verdure sous ses pas. Dans les villes qu'il traversait, on sonnait les cloches à son honneur, et les boutiques étaient fermées ; le peuple chantait ses louanges, et le jugeait digne de l'apothéose.

La distinction la plus flatteuse l'attendait à la cour. Le roi et la reine le firent asseoir à leurs côtés, et la tête couverte durant le long entretien qu'il eut avec eux. Chez les grands, on lui rendait les honneurs réservés aux souverains.

Tant d'exaltation ne se soutint pas. Comme un feu de paille, qui d'abord éblouit la vue pour ne laisser soudain qu'une parfaite obscurité, de même se dissipèrent promptement cet éclat d'admiration et cette prodigalité d'honneurs rendus au célèbre marin. A cet enthousiasme succédèrent un doute, vrai ou simulé, sur le mérite de sa découverte comme navigateur; par suite, l'insouciance de son nom, et enfin l'ingratitude la plus marquée de ses services. La dent de la calomnie s'obstina encore à le déchirer, et à remplir ses jours de troubles et d'anxiétés.

Ces déboires lui vinrent principalement de l'aversion que l'évêque Monséca, ministre de la marine, lui conservait au fond du cœur; on ne sait par quelle raison. Personne ne l'ignorait; et on ne pouvait lui plaire davantage qu'en trouvant des torts à l'amiral, ou en alléguant quelque chef d'accusation contre lui. Or, ce prélat, par sa place, étant plus à portée que personne d'écouter ces propos, et de les envenimer en les rapportant à leurs majestés, Colomb ne pouvait pas avoir d'ennemi plus dangereux.

En effet, quoique la reine eût conçu de l'estime et de la bienveillance pour l'amiral, le ministre parvint à refroidir en elle ces sentimens. Il eut moins de peine à le desservir auprès de Ferdinand, roi intéressé, perfide et astucieux. Il manœuvra enfin si bien au désavantage de Colomb, qu'à l'exception d'Izabelle et d'un faible nombre de seigneurs et d'autres particuliers, ce grand homme ne pouvait compter dans le royaume, sur personne qui osât

prendre

prendre sa défense au milieu des ingrats et des ennemis qui s'obstinaient à le persécuter.

La preuve en devint évidente dès son second voyage au Nouveau-Monde. Tandis qu'il s'y occupait sans relâche de l'établissement d'Haïti, deux mauvais sujets, Margarita et le père Buellio, s'étant mal comportés en son absence, et craignant sa juste sévérité, s'évadent de l'île et arrivent en Espagne. Pour se justifier en cour, ils y accusent l'amiral, et vomissent des calomnies contre lui. L'évêque les accueille, les écoute, et détermine la reine à envoyer un commissaire sur les lieux pour constater les faits.

Son troisième voyage fut marqué par une disgrace plus complète et aussi injuste. A son retour du second, la reine avait eu la discrétion de ne point parler à Colomb des plaintes portées par Buellio et Margarita : c'était comme reconnaître son innocence. On voit néanmoins avec douleur, qu'à peine ce marin est revenu à Hispaniola, qu'un second commissaire nommé Bodavilla y arrive, et que, sans autre forme de procès, il fait arréter Colomb, l'embarque dans un navire, l'y charge de fers, et ordonne de l'apporter en Espagne, toujours enchaîné, pour y rendre compte de sa conduite.

La suite de la vie de ce grand homme, donne lieu de croire que la cour, après l'avoir abreuvé de cette première coupe d'amertume, se sentit obligée, pour sa justification, de continuer à lui donner des mortifications; ou que, ne pouvant assez reconnaître ses services, elle fut bien aise de lui trouver des torts apparens pour s'en dispenser. Elle en usa du moins ainsi envers lui, aussi souvent que le plus léger prétexte, vrai ou faux, le lui permit, ou que le moindre arrangement politique parut l'exiger.

Sans égard pour sa charte, on commença, peu d'années après, par diminuer l'étendue de ses prérogatives, ou par

les gêner. On ne tarda pas ensuite à le dépouiller de sa
vice-royauté ; on resserra de même ses pouvoirs d'amiral ;
on les rendit nuls enfin , en établissant à Santo-Dominguo
une audience royale, dont l'autorité, représentant immédia-
tement celle du roi et de la reine , ne laissait à Colomb et
à son fils don Diégue , que des titres vains et des fonctions
subordonnées.

NOTE 16.

Silencieux , qui laisse enlever à son nom , etc.

Si le célèbre génois eût été Espagnol de naissance , vraisemblablement ses compatriotes n'auraient pas manqué de
réclamer contre le vol qu'on fit à sa renommée , lorsque
Florence, trompée par le récit d'Américo-Vespucci , l'un
de ses citoyens, attribuant à celui-ci la découverte du Nouveau-Monde , donna à ces contrées le nom d'Amérique.

L'Europe serait probablement revenue de cette fausse
dénomination , si les Espagnols lui eussent appris que Colomb , projetant cette découverte , avait mis à la voile
dès l'an 1492, et que son rival de renom , marchand plutôt que navigateur, ne s'était embarqué pour le nouvel
hémisphère, déjà connu , qu'en 1499, au service de l'Espagne, dans une escadre commandée par Ojeda , et en qualité de géographe.

Ce nouveau trait ajoute à ce que j'ai rapporté dans la
note précédente, des haineuses dispositions des Espagnols
envers un homme auquel ils devaient tant. Un esprit su-
perstitieux déduirait de cet ensemble d'injustices et d'in-
gratitudes dont il fut l'objet, que l'intelligence suprême,
prévoyant la masse des maux qui naîtraient de cette découverte, comme d'une seconde boîte de Pandore , en punis-

sait d'avance l'auteur, en répandant sur ses jours les dis-
grâces et les humiliations.

NOTE 17.

Que son perçant génie avait comme créées.

Les Historiens récens s'accordent à dire que Colomb,
méditant la découverte qu'il entreprit, n'avait eu eu vue que
d'aborder par l'Occident aux Indes les plus orientales, de
concurrence avec les Portugais, qui, dans le dessein de
pénétrer dans les mêmes parages, cherchèrent à doubler
la pointe méridionale de l'Afrique, pour s'y avancer en na-
viguant vers l'Orient.

Marco-Paolo, vénitien, était allé par terre, dans le
treisième siècle, jusques dans la Chine ; et dans les mémoires de son voyage, il avait fait mention de l'île de
Cipango (le Japon), comme d'un pays fécond en or et en
matières précieuses. Cette annonce ne fit, dans sa nouveauté, aucune impression en Europe ; mais deux cent ans
après, lorsque les esprits s'y passionnèrent pour cette sorte
de découvertes, ses paroles furent mieux réfléchies, et
les Indes orientales devinrent l'objet de la convoitise des
puissances maritimes de l'Occident.

Dans la charte accordée à Colomb, on ne désigne les
pays qu'il se proposait de trouver, que sous le nom d'Indes ; et ce marin s'attendait si peu à la partie du globe où
il atterrit, qu'ayant entendu nommer les montagnes de
Cibao, comme fécondes en mines d'or, la légère conformité de ce nom avec celui de Cipango, l'engagea à croire
qu'il était arrivé à l'est des Indes asiatiques. Il ne revint
de cette erreur, que dans ses voyages suivans, après avoir
étendu davantage ses navigations vers l'Ouest.

Une réflexion assez simple aurait dû lui révéler l'in-

vraisemblance de sa conjecture. C'est l'immense étendue
qu'il supposait aux terres de l'Inde , prolongées vers
l'Orient ; mais les cartes géographiques d'alors , leur assi-
gnant une longueur indéfinie vers l'est , elles contribuaient
à rendre son opinion supportable.

NOTE 18.

Là , vers le pôle austral, ici , vers le côté , etc.

Au dixième degré environ de latitude boréale, l'Amérique est divisée par l'Isthme de Panama, en deux immenses continens, l'un s'enfonçant dans le Septentrion,
l'autre s'étendant vers le Midi. L'espace qu'ils laissent
entr'eux, en se prolongeant vers l'est ; le premier, pré-
sentant ses côtes au Sud ; le second, au Nord, est rempli
par la mer qu'occupe le grand Archipel de cet hémisphère,
depuis le fond du golfe du Mexique jusqu'aux Antilles les
plus au vent.

Cet Isthme est une langue de terre étroite, large d'environ sept lieues entre Porto-Bello et Panama, courant à
peu près du Sud au Nord et au Nord-Ouest. Le vieux Mexique y était situé. Au sortir de l'Isthme, vers le midi,
commencent les pays anciennement gouvernés par les Incas,
dont Cusco était la capitale , et auxquels les Espagnols ont
donné le nom de Pérou. Cet empire, celui des Mexiquains,
quelques états voisins , d'autres sur la partie appelée spé-
cialement Terre-Ferme , et les Isles du vent et de dessous
le vent, étaient les seuls endroits de cet hémisphère qui,
à l'arrivée de Colomb, offraient une civilisation plus ou
moins avancée.

Les autres parties des deux Continens , tant vers le Nord
que vers le Sud , n'ayant reçu aucune culture , ui éprouvé

le moindre effort de la main des hommes, paraissaient fraîchement sorties de celles de la nature, et ne nourrissaient que des sauvages aussi brutes qu'elles. Leur instinct se bornait à savoir se procurer une vie animale grosièsre, et à se mettre à l'abri des rigueurs des climats. Comme ils ne vivaient que de chasse, de pêche ou de fruits spontanées dans un arrondissement borné, l'empiétement sur ce territoire était presque la seule occasion qui mît les armes à la main entre deux peuplades voisines.

Les indigènes de l'Amérique, civilisés ou non, depuis le cap Horn jusqu'au détroit de Davis, sont tous de couleur de cuivre rouge, plus ou moins foncé, suivant la température du climat et les localités qui s'y trouvent. Tous aussi ont une physionomie commune, sans se ressembler exactement, et on a reconnu que la différence des traits est plus sensible de horde à horde, quand elles sont sans mélange, qu'elle ne l'est dans chaque horde, d'individu à individu

NOTE 19.

Peuples encore enfans, ils vivent dans les bois.

On doit considérer les peuples chasseurs, comme étrangers, pour ainsi dire, à toute civilisation, à moins d'en supposer aux bêtes de proie : Encore peut-on alléguer en faveur de celles-ci, la nécessité de se jeter sur les victimes de leur appétit, la nature, en aiguisant leurs dents et en organisant leur estomac, ne leur ayant pas accordé d'autre manière de se nourrir.

L'homme chasseur n'a pas pour lui la même excuse, car il peut manger quantité de choses : vivre de grains, de fruits, d'herbages, de légumes, de chair et de poisson.

Mais pour jouir des productions des champs et des animaux destinés à nous nourrir, de manière à ne jamais
craindre d'en manquer, il faut ouvrir le sein de la terre,
la travailler en sillons, semer à propos, cultiver, recueillir
et renfermer en magasin. Ces travaux sont longs et pénibles;
ils reviennent tous les ans, demandent le secours prélimi-
naire de plusieurs arts, et exigent, sur-tout, que le droit
de propriété soit tellement respecté, que chacun se croye
assuré de jouir du prix de ses sueurs.

Tel est le premier grand pas vers la civilisation. Elle est
à son plus haut période, lorsqu'une nation possède en
abondance, non-seulement toutes les choses de premier
besoin, mais aussi celles que le luxe et le faste, dans leur
raffinement, recherchent avec avidité pour remonter des
goûts déjà blasés sur les jouissances ordinaires.

Dans ces sociétés-ci, tout étranger est bien venu; il y
est même appelé dans l'espoir de son utilité, et sans crainte
qu'il nuise à la suffisance des alimens communs. Par la
raison contraire, le peuple chasseur s'isole comme la bête
fauve, et n'est conséquemment qu'au premier échelon de
la civilisation.

NOTE 20.

Mais, dans la zone heureuse où de l'astre du jour, etc.

Les Grecs et les Latins, d'après leur propre témoignage,
croyaient que la zone torride était inhabitable; et cette opinion leur était commune avec des nations asiatiques, habitant sous les mêmes latitudes.

Si, nous transportant d'idée dans ces siècles reculés, nous
observons que les peuples dont il est question, n'avaient
point franchi cette longue et large ceinture de sables arides
et inhospitaliers, formée à leur midi, par les déserts de la

Lybie, de la Nubie, de l'Arabie et de la Perse, nous ne serons plus étonnés de leur façon de penser. A l'aspect de ces plages brûlantes , quoiqu'assez éloignées de l'équateur, ils pouvaient présumer qu'au-delà et sous la ligne, l'air et la terre devaient être en un état perpétuel d'incandescence; et le sol conséquemment privé de fruits et d'habitans.

Abusés ainsi par ce raisonnement , leurs législateurs religieux placèrent le berceau du genre humain dans la zone tempérée; ils auraient agi différemment , s'ils eussent connu le charme des climats que couvre la zone torride; s'ils avaient été témoins des pluies , des rosées, des brises réglées , des zéphirs ordinaires, et d'autres localités qui y amortissent les feux de l'atmosphère; si la fécondité des terres, leur rapport continuel , la beauté, la douceur et la diversité de leurs fruits , et la facilité de se nourrir , de se vêtir, de s'abriter sur cet heureux sol, presque sans soins et sans efforts, leur eussent paru non-seulement possibles , mais constantes.

Les rapports de nos navigateurs modernes autour du globe , ont suffisamment attesté cette description , ainsi que la nombreuse population des pays équinoxiaux. Selon eux , c'est le climat par excellence, et où le Créateur plaça l'homme au sortir de ses mains.

NOTE 21.

Que calme néanmoins , régulière et suivie , etc.

C'est particulièrement sur les îles du grand Archipel américain , et sur les côtes du Continent méridional voisin , que souffle journellement cette brise d'Est rafraîchissante, plus forte et plus constante en été qu'en la saison qu'on y nomme l'hiver. On sent ce souffle se lever vers les dix heures du matin , et ne cesser qu'un peu avant le coucher du soleil. La nuit, de légères brises détachées des monts intérieurs, servent encore à mitiger les impressions qu'a laissées la chaleur du jour.

Les poëtes anciens, en décrivant les îles fortunées, ont peint d'après nature celles dont je viens de parler. Dans celles-ci existent également des pommes d'or d'une eau sucrée et délicieuse; mais sur lesquelles ne veillent pas des dragons menaçans : elles s'offrent en maturité dans toutes les saisons de l'année; et la main qui les cueille à côté d'autres encore vertes, de naissantes et de celles qui ne sont qu'en fleurs, les prend sans réserve, assurée qu'elle est d'en avoir toujours à sa disposition. L'ananas, d'un goût supérieur à celui de l'orange, y est le roi des fruits, comme celle-ci en est la reine; et dans la cour nombreuse qui les entoure, on distingue les limons, les cédras et les chadecs, dont le jus aigrelet, mêlé à celui de la canne à sucre, offre en tout temps une boisson aussi agréable que rafraîchissante. Le prix de ces productions est encore rehaussé par le peu de culture qu'elles exigent : il suffit du moindre coup de houë pour mettre les graines en terre, et la pluie leur sert d'engrais. Ce fumier naturel délivre du soin d'enfermer dans des étables les animaux de service; jour et nuit ils paissent libres dans les savanes; et le bœuf, d'un pas pénible et tardif, n'est pas contraint de déchirer le sein de cette terre, qui semble prévenir les désirs et les besoins de ceux qui l'habitent.

Le climat en est si doux, qu'il communique ce caractè e aux êtres qui y naissent, et qu'il se refuse à donner le jour aux bêtes carnacières ou malfaisantes.

Saint-Domingue sur-tout se distingue en ces deux avantages. Cette île ne recèle ni serpens, ni crapauds, ni loups, ni renards, ni belettes; d'autres animaux plus féroces y sont également inconnus. Elle abonde au contraire en tourterelles, en ramiers, en pigeons privés, en perroquets; en rossignols bâtards, en étourneaux noirs, en oiseaux palmistes, en colibris, en oiseaux-mouches, etc. ; et la volatile d'Afrique ou d'Europe y a mieux prospéré qu'en leur sol natal. Il en est de même du pourceau et de toute espèce de bétail. Vers l'automne et pendant l'hiver; ses rivages sont garnis de quantité d'espèces de gibier maritime; et les tortues qui fréquentent ses côtes suffiraient pour ainsi dire à la nourriture de ses habitans.

Autrefois ses forêts étaient fournies de perdrix, d'agoutis et d'igouans, animaux timides, dont les chasseurs ont quasi détruit les espèces. Les couleuvres y sont sans venin ; et celui des araignées-crabes, des bêtes à mille pieds, des scorpions, etc., n'y est pas plus dangereux que la piqûre d'une guêpe. On n'y voit qu'une sorte d'éperviers, encore est-elle peu nombreuse. Quant au caïman, s'il est à craindre pour les animaux, l'homme du moins n'en a rien à redouter. Différent du crocodile du Nil, il paraît plus poltron que hardi, s'enfonçant dans l'eau à l'aspect d'un individu de l'espèce humaine.

Les relations d'Haïti nous peignent ses habitans indigènes, comme les plus doux des humains ; et cette bénigne influence y est si naturelle et si forte, que nos Créoles l'aspiraient, pour ainsi dire, avec l'air. Il est constant, qu'en général, ils avaient le cœur excellent ; francs, généreux ; sensibles, et l'ame ouverte à l'amitié, il était peu d'occasions où ils ne donnassent des marques de ces heureuses dispositions.

Note 22.

Où paraissent des arts, des terres cultivées, etc.

Quelques écrivains se sont crus en droit de nier le haut progrès des arts dans le Nouveau-Monde, avant qu'il nous fût connu, sur-tout dans la construction des édifices : ses peuples, ont-ils dit, les plus avancés en civilisation, manquant d'outils de fer, ignorant l'usage des machines mécaniques les plus simples, et n'ayant pas même celui du mortier ni du ciment (1).

Ils ont en conséquence rejeté comme faux ou exagérés, ces superbes monumens publics, ces temples, ces palais magnifiques, que des historiens se sont plu à décrire avec tant d'emphase. Suivant ces critiques, leur construction ne pouvait offrir que des masses informes de pierres mal polies, grossièrement assemblées, et mises en œuvre par le seul moyen des bras, ce qui ne suppose qu'un travail constant et suîvi pendant nombre d'années. Mais combien dut être pénible et long ce travail qui, sans le secours d'aucune connaissance mathématique, tira de leur carrière, conduisit à pied d'œuvre, et mit en place, à une certaine élévation, des blocs de rochers de vingt, trente et quarante milliers pesant, tels qu'on en a trouvé dans les ruines de Cusco ! Le rouleau et le lévier seuls en seraient-ils venus à bout ?

La même persévérance dans le travail se reconnaissait en d'autres grands ouvrages ; au Mexique, dans ses digues, ses pyramides, ses obélisques et ses grands chemins. On admirait au Pérou, cette fameuse voie de 500 lieues de long, qui traversait cet empire du Nord au Sud, et dont la ligne devant être droite malgré les obstacles du terrain, passait sur des lacs comblés, des marais raffermis, et des ponts de fortes lianes, jetés sur des précipices que formait la coupure à pic de deux cimes de monts.

_____

(1) On pourra se rendre raison de cette difficulté, après avoir lu la note 23.

Guidés par le meme raisonnement , ces écrivains ont
révoqué aussi en doute le fini , la délicatesse , les belles
formes et le bon goût des menus ouvrages d'or , d'argent ou
de pierreries , qui servaient à la décoration des édifices , à
la parure des personnes , ou au service des ménages.

Quant aux sciences, elles devaient être nulles chez ces
deux peuples, l'un et l'autre ne sachant ni lire ni écrire.
L'intelligence ne leur manquait pas néanmoins ; car dans
ce qui ne dépend que de la réflexion, on connait d'eux des
résultats qui prouvent des efforts de tête étonnans.

Les Péruviens, par exemple, étaient parvenus à régler
assez exactement leurs années sur la marche combinée de
la Lune et du Soleil. Ils les composaient de douze lunai-
sons, de trente jours chacune, et à l'effet d'y ajouter avec
plus de précision, soit à la fin de chaque année, soit en
d'autres époques moins fréquentes, les embolismes nécessaires, ils avaient élevé sur un mont voisin de Cusco, douze
colonnes de pierre, disposées sur deux rangs, et de manière
à leur indiquer avec précision différentes parties du Ciel,
et particulièrement les points des solstices et des équinoxes.

Les Mexicains donnaient dix-huit mois à leurs années,
et vingt jours à chaque mois, sans égard au cours de la
Lune. Cinquante-deux de ces années solaires formaient leur
siècle, et le double leur cycle séculaire. On a dit d'eux, que
nonobstant leur défaut de bons instrumens astronomiques,
ils mettaient dans leurs intercallations plus de régularité
que les Grecs ou les Egyptiens.

Les moyens, quoiqu'imparfaits, dont ces peuples se
servaient pour transmettre à la postérité la mémoire des
événemens, désignent encore en eux une sagacité naturelle assez remarquable.

Au Pérou, ils consistaient en des quippos. On y nom-
mait ainsi des menues branches de bois, autour desquelles

étaient nouées des cordelettes de diverses couleurs qui,
par cette variété, la différence de leur position, le nombre et la forme des nœuds, signifiaient, comme nos lettres alphabétiques, les choses qu'on voulait exprimer.

Les Mexicains, plus avancés dans les arts, s'étaient formé des tablettes chronologiques plus sûres et plus parlantes aux yeux. Ils peignaient les événemens sur des toiles, en y dessinant les images des objets qui tombent sous la vue; et marquant en caractères hiéroglyphiques, les choses qui ne pouvaient pas se rendre par le pinceau.

Pour ranger les faits selon l'ordre des temps, ils décrivaient sur une toile de coton, une grande figure circulaire, au centre de laquelle était peinte l'image du Soleil. De ce point partaient quatre lignes cardinales, de couleurs différentes qui, allant aboutir à la circonférence, la divisaient en quatre arcs égaux. Ceux-ci recevaient chacun un nom particulier, et une division égale en treize parties, par des lignes tirées du centre commun et diversement coloriées. La surface de ses roues, ainsi divisées en cinquante-deux cases ou années, formait le calendrier séculaire des Mexicains.

· Vu le peu d'étendue de chacune de ces cases chronologiques, il y a lieu de croire qu'on n'y insérait que les événemens les plus remarquables. L'apparition des Espagnols en étant un de ce genre, il fut tracé dans la case qui correspondait à l'année de leur arrivée. Ils y étaient peints sous la figure d'un homme à visage blanc et barbu, coiffé d'un chapeau, vêtu d'un habit vert, et muni d'armes étrangères.

Le Mexique ni le Pérou n'ayant, avant l'époque de Colomb, ni commerce extérieur, ni des rapports politiques étendus, leurs lois devaient se borner à des dogmes religieux, et à des usages civils et militaires.

Pachacamac, ou le Soleil, était l'objet du culte des Péruviens. Les peuples du Mexique honoraient particulièrement le Dieu des batailles, sous le nom de Vitzilipultsi. Les uns et les autres se prosternaient devant des idoles.

Leurs mœurs se ressentaient du caractère de leurs Dieux. Les Péruviens étaient doux, humains, pacifiques. Ils se modelaient sur la bienfaisance de l'astre du jour, dont la chaleur salutaire échauffe l'atmosphère, fait germer les plantes et mûrir les moissons. Les Mexicains, au contraire, ne respiraient que le sang. Mars et ses prêtres y demandaient trop souvent des victimens humaines, et de leurs crânes, on en tapissait les murailles intérieures des temples. Ceux qu'on égorgeait dans ces occasions, étaient des ennemis pris les armes à la main, à moins que des circonstances n'eussent obligé de dévouer quelqu'infortuné à la mort, pour appaiser la vengeance divine, et racheter ainsi les délits de la nation. Des historiens ont accusé la religion du Pérou d'immoler des enfans en certaines cérémonies sacrées, ainsi que des hommes aux funérailles des Incas, destinés à les servir dans l'autre monde.

Quoique les souverains des deux empires gouvernassent despotiquement, celui du Pérou semblait être le patriarche d'une famille immense, dans laquelle la confiance mutuelle et un attachement réciproque, unissaient volontairement les cœurs. La nation était divisée en trois classes : les Incas et les prêtres, (tous issus du sang royal), constituaient la première ; les guerriers composaient la seconde ; et l'ouvrier et le cultivateur formaient la troisième : celle-ci seule travaillait et cultivait les champs. Ce qu'elle avait recueilli se distribuait entre les trois classes, suivant une juste proportion.

Le despotisme des Incas imitait celui de l'ancienne théocratie, réunissant, comme elle, en ses mains, les deux póuvoirs suprêmes du trône et de l'autel ; il gouvernait des peuples soumis, comme un tendre père qui, en exigeant de ces enfans du travail et une obéissancepassive , ménage néanmoins leur pécule et leur repos. Le pouvoir arbitraire de l'empereur du Mexique pesait plus durement sur ses sujets. Etayé de celui des grands, des corps militaires et de la classe sacerdotale, gens avides, et dont il fallait payer cher l'assentiment et le service , ce pouvoir dominait impérieusement sur l'état, et s'engraissait des sueurs du peuple. Les guerres y étaient fréquentes, soit qu'elles provinssent de l'ambition des monarques, soit qu'on les dût à la noble résolution des nombreux princes leurs vassaux , fatigués enfin d'être gouvernés par un sceptre de fer : les basses classes seules en supportaient les charges, et elles ployaient sous leur faix. Tel, du moins, on nous a dépeint ce gouvernement sous Montezuma, le dernier de ses empereurs.

Le Soleil n'était pas le seul Dieu des Péruviens, ni Vizilipustli l'unique divinité des Mexicains ; les uns et les autres avouaient un premier être, un créateur universel, sans lui rendre néanmoins aucun hommage, à moins de considérer pour tel le culte, qu'à l'instar de quelques nations antiques, ils rendaient à divers grands objets de la nature, rapportant intérieurement cette vénération à leur céleste auteur.

Une tradition enseignait au Pérou, que le genre humain avait péri anciennement dans un déluge universel, à l'exception de sept personnes des deux sexes qui, renfermées dans une caverne pendant le cataclysme, en étaient sorties par une fenêtre, et avaient repeuplé la terre.

Quelqu'étonnante que soit cette tradition par ses rapports avec la nôtre, il est plus surprenant encore d'avoir trouvé dans le Pérou comme dans le Mexique, des ressemblances parfaites avec quelques-unes de nos institutions et de nos cérémonies religieuses. D'après le témoignage irréprochable du père d'Acosta , jésuite espagnol, il y avait dans ces deux empires , des monastères d'hommes et de filles vierges ; on jeûnait, on faisait pénitence, on se macérait le corps pour expier ses péchés ; on s'en confessait aussi à un prêtre, qui absolvait ou renvoyait le pécheur. Chaque année, à un jour convenu , tout le peuple se rassemblait dans le temples , et y communiait en mangeant quelques bouchées d'un pain pétri dans les sanctuaires par des mains pures , et consacré ensuite par des paroles qu'avaient proférées sur lui les ministres des autels. On y chômait aussi annuellement une fête pareille à celle du Saint Sacrement, et on croyait à une espèce de Trinité.

Si, comme il se vérifie chaque jour de plus en plus , le fond de nos dogmes religieux nous est venu de l'Orient, pourquoi ces mêmes croyances, plus ou moins altérées , n'auraient-elles pas également été transportées , par la mer pacifique, de ces régions dans celles de l'Amérique ? Le doute se change presque en certitude, depuis que les navigations du célèbre Cook, nous ont appris que très-anciennement les Malais ont été les Phéniciens de l'Orient, et que leur commerce s'étendait depuis les côtes orientales de l'Afrique , jusqu'aux plages de l'Amérique occidentale. Voyez la note suivante.

Note 23.

Jeunes sociétés , où des désirs modiques , etc.

La supposition de l'Eternité du monde a de grands avantages sur celle qui ne lui accorde qu'une existence de quelques siècles. Celle-ci est une idée mesquine ; et quoiqu'on en dise , elle n'est pas d'accord avec le texte hébreu de la Genèse. Elle heurte de plus les attributs de l'Être-Suprême.

On n'a supposé le chaos, c'est-à-dire, l'intervalle établi entre cette confusion des élémens et l'ordre mis dans la nature, que pour se prêter à la faiblesse de l'esprit humain, ou plutôt à son orgueil. Notre espèce n'agissant que par succession de temps, et se disant l'image de Dieu sur terre, ne manquera jamais de bien accueillir les systèmes qui le nourriront de cette folle présompttion. L'homme éclairé se plaît dans l'idée de l'éternité de l'Univers. Cette opinion agrandit la sphère et la majesté de ses contemplations : il en retire au moins le précieux avantage de se mieux pénétrer de l'ineffable essence de l'Architecte suprême, et de fixer plus sensément la place que l'homme occupe dans cet espace infini d'œuvres sans commencement et sans fin.

Supposer le monde éternel, ce n'est point en exclure les révolutions attachées aux globes qui le composent. Il en est dans la nature qui nous paraissent des désordres, et qu'elle n'emploie néanmoins que pour mieux consolider l'ordre général.

La certitude des chronologies des peuples les plus anciens, ne remontant pas au-delà de trois mille cinq à quatre mille ans avant notre ère, on est fondé à poser en fait, que précédemment le globe avait éprouvé une catastrophe terrible qui en avait bouleversé la surface. Chez la plupart de peuples de l'Asie, et parmi ceux de l'Afrique et de l'Europe les traces de ce choc épouvantable avaient commencé à disparaître à l'époque désignée ; mais de longs siècles après, l'Amérique découverte n'offrit aux yeux étonnés, qu'une vaste contrée, comme récemment sortie des mains du Créateur.

On

On peut donc alors avec raison rechercher, quand et par quelles voies, cette partie du globe, séparée des trois autres, avait été peuplée ? Pourquoi son sol, presque neuf et sans culture, ne nourrissait, relativement à sa grande étendue, qu'une population peu nombreuse, dont les individus couleur de cuivre, inconnue ailleurs, étaient sans barbe au menton, sans poil sur le corps, et pourvus néanmoins d'une chevelure longue et épaisse; d'où provenait ce mal épouvantable et contagieux endémique en quelques lieux, et de quelle part était venu le langage de ces indigènes qui, divisé en autant de dialectes que de hordes distinctes, n'offrait néanmoins que trois ou quatre idiomes radicaux ?

La plus grande singularité était de trouver parmi les peuples policés de ce continent, des disparates inexplicables. Par exemple, les sciences nulles, les arts dans l'enfance, des sociétés à peine formées, la religion enveloppée de ses langes, et des annales de treize cents ans au plus, là où reposaient des monumens en pierre qui attestaient des ouvriers experts et la plus haute antiquité; des idées religieuses annonçant de longues méditations, déduites d'une métaphysique profonde autant que déliée; et des gouvernemens d'une nature à ne s'établir qu'après une chaîne suivie de convulsions politiques.

Sans la supposition d'une antiquité beaucoup plus reculée que celle qu'on attribue communément au monde, il serait impossible de concilier des faits aussi contradictoires; mais en ne tenant aucun compte de cette supputation, ils s'expliquent sans effort. Les uns dateront, comme dans l'ancien hémisphère, d'une époque antérieure au bouleversement supposé, et les autres seront survenus depuis. Des circonstances heureuses auront hâté, en Asie et en Afrique, la propagation de l'espèce humaine, ainsi que la

civilisation et les progrès des sciences et des arts. En Amérique, ces circonstances n'auront pas eu lieu.

Au reste, on a reconnu depuis long-temps la nécessité
de reculer les bornes de notre chronologie.

Celle des Egyptiens, qui n'est pas enveloppée de fables,
ne remonte pas au-delà du terme que j'ai présenté comme
commun ; et cependant on a trouvé gravés sur quelques-
uns de leurs monumens, des résultats d'observations astronomiques qui datent de quinze à seize mille ans.

Dans l'Inde, il est des temples dont les inscriptions,
gravées en une langue inconnue, antérieure au Samscri ,
langue morte également depuis des siècles, en annoncent au
moins vingt d'antiquité.

Le savant historien de l'astronomie ancienne a prouvé
qu'Uranus , Atlas, Fohi, Budda, Zoroastre , Belus et
Thaut, crus chacun dans leurs pays les premiers observa-
teurs du cours des astres et les inventeurs de la sphère,
ne possédaient que des débris informes de cette science;
et ce qui est plus surprenant, qu'à des distances si éloignées les uns des autres, et presque contemporains, ils y
étaient tous également avancés. Il remarque qu'ils en
savaient trop comme inventeurs, puisqu'ils connaissaient
non-seulement les sept planètes, le moment des éclipses ,
diverses supputations de jours, de mois et d'années; mais
encore plusieurs périodes de révolutions sydérales, simples ou compliquées, qui eussent exigé plusieurs vies de
continuelles observations. Et comme astronomes exercés,
ils n'étaient que des écoliers, ne connaissant aucuns des
élémens des révolutions célestes; et n'usant, pour en donner raison ou pour les calculer, que de méthodes rou-
tinières, qui les jetaient dans de fréquentes erreurs.

Guidé par ces recherches, Bailly s'est cru fondé à rapporter ce degré commun de connaissances astronomiques,

à un peuple antérieur aux temps où vivaient ces supposés inventeurs, duquel elles leur seront parvenues, ainsi mutilées, par des événemens dont la mémoire s'est perdue.

Il place ce peuple anti-Diluvien, dans la grande Tartarie, sous le quarante-neuvième degré de latitude ; et il pense que l'astronomie y avait atteint sa perfection, vers l'an 4700, avant la venue de Christ. Combien de siècles d'observations antécédentes ne s'étaient-ils pas écoulés avant cette époque ?

Mais voici des faits moins fondés sur des conjectures. Des voyageurs récens nous disent que dans ces monumens indiens, où sont gravées des inscriptions en une langue inconnue, les figures qu'on y voit sculptées, au lieu de ressembler à celles des indigênes, ont les lèvres épaisses, le nez épaté, et les cheveux crépus, tous les traits enfin des noirs d'Afrique ; et que les caractères de ces inscriptions ont une grande conformité avec ceux de l'ancien syllabaire éthiopien.

Ils nous apprennent encore, que le Téocalli, ce superbe temple de Mexico, dont Cortez admira la construction, et qui, de même que plusieurs autres répandus dans cet empire, consiste en une grosse pyramide tronquée, sur laquelle étaient placés des autels en coupole tournés vers l'Orient, est d'un style pareil à celle qu'on érigea à Babylone à Jupiter Belus ; qu'elle ressemble encore à la pyramide tronquée de Sacara en Égypte, et qu'anciennement dans la Tartarie, les temples y avaient la même forme.

Ces figures éthiopiennes, sculptées sur des monumens indiens, il y a quinze à vingt mille ans, rappellent ce passage d'Homère, où il est dit, que les Dieux se rendaient tous les ans à des festins que leur donnaient les habitans de l'Ethiopie, les plus religieux des hommes ; ce qui ne peut désigner qu'une affluence annuelle de pélerins étrangers, qui venaient prier dans une ville sainte, comme depuis on est allé à Jérusalem, à la Mecque, à Rome. L'on sait d'ailleurs que les Egyptiens devaient aux Ethiopiens leurs pratiques religieuses.

Ainsi tout se lie pour reculer indéfiniment les bornes de notre chronologie; et, en outre, pour supposer une antique fréquentation maintenue entre les rivages orientaux de l'Afrique, ceux de l'Asie méridionale, et les côtes occidentales de l'Amérique.

Je viens à mon texte. A proprement parler, on ne trouva dans le nouvel hémisphère que deux peuples, ceux du Mexique et du Pérou, avec la république de Tlascala, assez civilisés pour ne devoir pas être désignés par le nom de jeunes sociétés; et cependant ils y rentrent à ne considérer que la brieveté de leurs annales, et le peu de hauteur de leurs connaissances.

L'histoire du Mexique apprenait que des étrangers y avaient paru vers le sixième siècle de notre ère, et d'autres au treizième. Les Quippos du Pérou ne remontaient tout au plus qu'à cinq cents ans avant l'arrivée des Espagnols.

Le reste du sol du Nouveau-Monde, avait pour habitans des peuples plus ou moins sauvages; les uns, sous l'autorité de simples chefs, qu'on peut assimiler à des pères de famille; les autres, sous des caciques, dont le gouvernement était aussi doux. Ces peuplades, ayant très-peu de rapports entre elles, leurs altercations ne pouvaient pas être fréquentes. La douceur paraissait former le caractère des Péruviens, et la paix leur état ordinaire. Les Mexiquains et leurs voisins se montrèrent sous des traits moins favorables; ils avaient l'esprit guerrier et des habitudes féroces.

Note 24.

La terre en est paîtrie, etc.

Il n'est qu'une voix à ce sujet. C'est sur-tout à l'époque des premières exploitations des mines par les Espagnols, que cette vérité devînt évidente.

Malgré qu'avant eux les Indiens eussent amassé quantité d'or et d'argent, sans les arracher néanmoins du fond des entrailles de la terre, les plus riches mines, celle de Potosi, notamment, sur le sol de laquelle ces métaux se montraient à nu, leur était inconnue : on en peut dire autant de ces abondantes mines du Mexique ouvertes long-temps après.

Dans leurs premiers travaux, les Espagnols n'eurent qu'à gratter, pour ainsi dire, les surfaces de ces terrains pour y trouver l'or et l'argent natifs, tantôt par filons, tantôt sous la forme de crêtes, sans mélange de minérai.

L'abondance des mines désigne toujours un pays pauvre en productions végétales. L'or, l'argent, le mercure et tels autres métaux ne sont communs qu'en des contrées arides, rocailleuses et hachées de monts, où des arbres rabougris, des plantes dures, un gazon jaunâtre et un sol maigre annoncent les effets de la langueur de la contrée, et l'impossibilité d'y nourrir une nombreuse population. Dans ces sortes de pays, qu'opprime une atmosphère ardente, il ne faut point espérer de richesses de la superficie de la terre, mais les extraire de son sein.

Telle est la qualité du sol et du climat des vallées renfermées au Pérou, entre la grande chaîne des Andes, et une moins haute à l'Ouest qui lui est parallèle. Derrière celle-ci règne cette longue côte d'environ 400 lieues, dont le sol n'est arrosé d'aucune rivière et où la pluie ne tombe jamais. La nature l'en dédommage par des rosées abondantes. Dans ces vallées, outre les mines fréquentes d'or et d'argent, il y'en a aussi de mercure, de cuivre, de plomb, de fer, de soufre, de vitriol, de sel et autres. Les métaux nobles ne sont guères moins communs dans quelques parties du Chili, dans la Castille d'or, au Nouneau-Mexique et au Brésil.

Sans entrer dans l'énumération des sommes énormes qui en sont provenues, il me suffira de dire qu'elles ont rendu le numéraire, en Europe, huit fois plus abondant qu'il n'y était en 1492.

Note 25.

Engendre le corail et la perle et la nacre.

Indépendamment des métaux précieux que la nature a accordés au sol de l'Amérique, situé entre les tropiques, elle l'a enrichi encore de plusieurs sortes de pierres fines, diamans, topases, émeraudes, rubis, etc. Les perles y sont encore fréquentes dans quelques parages maritimes. On en pêcha beaucoup du moins à l'île Marguerite, située entre la terre ferme et l'île de Curaçao ; auprès de deux autres îles sur la côte du Pérou et dans les eaux de la Californie. Le Brésil est encore plus renommé pour ses pierreries, sans atteindre néanmoins au brillant, au feu et à la netteté de celles de l'Orient. On trouve également dans toutes ces mers des coquillages d'un bel émail et des madrepores curieux.

NOTE 26.

D'autres que l'on façonne en meubles de service, etc.

Les historiens ont donné le dénombrement des divers objets d'or et d'argent en usage chez les Indiens, avant l'arrivée de leurs conquérans.

Outre ceux qu'ils consacraient au service religieux, comme les grandes statues, les petites idoles, les autels, les vases sacrés, les autres ornemens et décorations des temples, ces peuples se paraient aussi d'ouvrages des mêmes métaux, dont ils s'ornaient les lèvres, les narines, les oreilles, les bras et le bas des jambes. Ils en composaient encore plusieurs ustensiles de ménage, cruches, aiguières, flacons, coupes, tasses, godets, etc. Les souverains et les grands seigneurs avaient de plus chez eux des fauteuils, des couches, des tables et d'autres pareils meubles qui portaient sur des pieds d'argent massif, et des litières dont les brancards étaient du même métal.

NOTE 27.

La croix en une main, dans l'autre un cimetère.

Colomb, ayant découvert le nouvel hémisphère, mouille dans l'une des anses de l'île Guanahani; et bientôt, allant à terre avec une partie de ses gens, il saute le premier sur le rivage, tenant d'une main son épée nue, et de l'autre l'étendard royal. Les équipages des deux autres bâtimens, s'étant réunis à lui, il prend possession de cette île, en faisant planter une croix sur ses bords, à laquelle étaient attachées les armes de Castille.

Cortès, descendu au Mexique, et se disposant à l'envahir, se forma de son étendard une espèce de labarum,

en y faisant peindre une croix entourée des mots apparus
à l'empereur Constantin, *in hoc signo vinces.*

Lors de la première entrevue de Pizarre avec Atahualipa, un moine s'avance auprès de ce monarque, tenant
dans ses mains un livre d'évangiles et une croix, dans le
dessein de l'exhorter à se convertir.

Ces exemples suffisent. Il y en a un millier de semblables. Est-il possible que parmi tant de zélés catholiques, il
y ait eu si peu de vrais chrétiens ? Les Espagnols croyaient-
ils racheter leurs atrocités, en priant des lèvres, se pros-
ternant devant des images, se frappant la poitrine, redou-
blant de signes de croix et de génuflexions, s'acquittant
enfin de tant d'autres observances oiseuses ?

NOTE 28.

Indiens ! cria l'un d'eux, etc.

L'auteur de ce discours est le moine dont j'ai parlé dans
la note précédente. Il s'appelait Vincent de Valverda :
d'autres le nomment de la Vallé-Viridi. Ce franciscain,
dans l'ardeur de son zèle religieux, donna au monde un
exemple unique de déraison ou d'iniquité, par la manière
dont il s'y prit pour opérer la conversion du souverain du
Pérou, et la promptitude avec laquelle il l'exigea.

Leur entretien demandait un interprète. Celui qui en fit
l'office, était un indien peu instruit de la langue espagnole,
et parlant mal le péruvien. Il n'était lui-même qu'un nouveau converti, très-peu familier conséquemment avec les
profonds mystères qu'il devait expliquer. Il en fut chargé
néanmoins ; et, d'après les paroles du religieux, il exposa
au monarque ce qui constitue la religion catholique, depuis Adam et le péché originel, jusques à l'incarnation du

Verbe, et le sacrifice de sa personne pour le rachat du genre humain.

L'intention de convertir le prince, aurait été bien louable de la part du moine, si l'exposé de son catéchisme n'eût été suivi aussitôt de la déclaration qu'il lui fit, de s'avouer chrétien sur le champ, et de se reconnaître vassal de la couronne de Castille, sous peine de se voir dépouillé de son empire, et réduit en servitude.

L'Inca n'ayant rien compris dans le galimathias de l'interprète, mais en ayant assez saisi les points menaçans, pour être sensible à cet outrage, que rien de sa part n'avait provoqué ; timide d'un autre côté par le souvenir de la fatale prédiction, il hésite de répondre, il témoigne de la peine, de l'embarras ; et, dans son irrésolution, demande à examiner le livre qui renfermait des choses si mystérieuses. Le franciscain le lui remet ; l'empereur l'ouvre, et n'y voyant que du noir et du blanc, paraît n'en faire aucun cas. Le trouble qu'il éprouvait occasionna l'accident qui décida de son sort et de celui de son empire. Le livre lui échappa des mains, en voulant le remettre au moine ; ce que celui-ci, interprétant comme un sacrilége, un mépris formel de la foi chrétienne, et une obstination évidente à rester dans l'idolâtrie, crie sur le champ aux armes, et ordonna le massacre.

Note 29.

Sortez de ce berceau de la religion.

On peut à juste titre donner cette dénomination à des cultes qui nous rappellent ceux des premiers âges. C'est alors que le soleil fut adoré comme divinité suprême, sous les noms de Bel, d'Atys, d'Adonis, de Mithra, d'Hercule, d'Osiris, de Bacchus, etc. C'est également chez eux que, sacrifiant au temps sous le nom de Saturne, le

sang humain était répandu sur les autels, depuis l'extré-
mité occidentale de l'Europe, jusqu'aux frontières de l'Asie,
et sur les rivages africains. Les victimes, parmi lesquelles
étaient des enfans, périssaient égorgées, ici, à l'instar des
animaux tués dans les boucheries; là, brûlées vives dans
des claies d'osier ; ailleurs étouffées dans les flancs d'un
taureau d'airain posé sur des brasiers ardens.

Les lois de Moyse avaient aboli ces cruels sacrifices. Le
bouc émissaire emportait avec lui dans les déserts les péchés des Israélites. Cependant le vœu de Jephté, celui de
Saül et d'autres passages de cette nature, annoncent un
culte sanguinaire et homicide.

Note 3o.

Qui dispose ici bas de chaque diadême.

C'est à ce degré suprême d'autorité temporelle qu'était
parvenu l'évêque de Rome, long-temps avant le quinzième
siècle. Recherchons les causes, et suivons la progression
de cette puissance colossale.

Le Sauveur de la race humaine, le Maître de la nature,
ayant daigné se revêtir d'un corps terrestre, vécut humble,
chaste, frugal et pauvre; mendiant, pour ainsi dire, ses
habits, sa nourriture et son logement. Il recommandait,
sur toutes choses, de prier Dieu en esprit, moins en public, que hors de toute vue, avec cette solide piété qui
part du cœur, et dont s'écartaient si fort ces Pharisiens,
auxquels il reprochait de s'afficher saintement en récitant
leurs prières avec ostentation, dans les lieux les plus fré-
quentés. Du reste, il prêchait l'obéissance aux rois de la
terre, le renoncement aux choses de ce monde, et l'impossibilité où l'on se met d'acquérir les cieux, quand on

ne s'occupe que d'accumuler sur soi des grandeurs et des
richesses.

Les apôtres suivirent son exemple. Disciples fidelles et
formés aux leçons du Maître, au lieu de crosse ils avaient
un bâton à la main, et ils quêtaient leur subsistance
journalière. Un siècle ou deux le même esprit d'humilité
et de pauvreté ne souffrit que peu d'altération parmi les
chrétiens.

C'était l'effet d'une ferveur religieuse encore fraîche, et
des persécutions éprouvées. Mais aussitôt que le culte catholique, adopté par l'empereur Constantin, fut devenu
le culte dominant, le relâchement ne tarda pas à s'introduire dans l'église. Ses pasteurs, auparavant pauvres et
humbles, ne considérèrent plus les fortunes et les préémi-
nences comme des piéges tendus à l'exercice des vertus
évangéliques. Au contraire, ministres des autels et dispen-
sateurs des grâces célestes, ils se crurent en droit d'aspirer
à la plus haute considération, et de former de leur corps
la première classe de l'état. Ils en avaient tant d'exemples
dans les religions anciennes ! Or, pour obtenir et soutenir
ensuite ce haut rang, il leur fallait trouver les moyens de
s'enrichir.

Jusqu'alors cependant le zèle des chrétiens n'avait pas
été infructueux à leurs pasteurs. Plus chéris de leurs
ouailles, à proportion des souffrances que les orages de
la persécution avaient versées sur eux, bien plus que sur
de simples fidelles, la ferveur de ceux-ci n'avait rien mé-
nagé à leur égard, pour en alléger le poids et en adoucir
l'amertume. Déférence, respect, considération, abondance de deniers, tout avait été employé à cet usage. Leur
sort en était même devenu trop mondain et trop somptueux,
si l'on s'en rapporte à de saints évêques, dont les écrits

reprochent à d'autres prélats le luxe et la mollesse dans laquelle ils vivaient.

Ce sort néanmoins, toujours arbitraire et dépendant d'individus peu fortunés en général, ne fut plus assez avantageux pour satisfaire des prêtres, dont le relâchement en fait de mœurs, augmentant chaque jour, exigeait un accroissement considérable de moyens pécuniaires.

Le corps du clergé se trouva donc alors comme dans la nécessité de se former lui-même un bien-être qui, fondé sur des bases moins casuelles et plus lucratives, s'étendrait à sa volonté, et avec les richesses lui deviendrait aussi la source de la plus haute considération. Il prévit qu'il arriverait à ce but, en changeant les offrandes, les charités et les secours, jusqu'alors volontaires, en rétributions exigibles de droit, et en multipliant celles-ci à l'excès. L'exécution n'en fut pas difficile; et toute personne qui connaît le vulgaire, n'en sera nullement surprise. L'église n'eut besoin que de transformer peu à peu le culte spirituel, dicté par les évangiles, en des actes extrêmement nombreux d'une dévotion extérieure; de substituer à des réunions pieuses, dénuées de faste et de bruit; au recueillement, aux oraisons mentales; à des prières courtes, mais ferventes; à des charités émanées du cœur; à des contritions internes; aux vrais élans de l'ame; à ses vertueuses dispositions; aux résolutions sincères de renoncer à toute passion vicieuse; à tels autres moyens enfin de plaire à Dieu, et de l'honorer en esprit (1) et en vérité; de substituer, dis-je, une lithurgie compliquée, d'en

(1) *Sed venit hora et nunc est, quandò veri adoratores adorabunt Patrem in spiritu et veritate. Nam et Pater tales quœrit qui adorent eum.* Saint Jean, ch. 4.

étendre les rites, d'en multiplier les cérémonies, de les charger d'un pompeux spectacle; de créer mille nouveaux objets d'invocation et d'adoration ; d'établir enfin une telle quantité d'usages ; d'offices et de pieux actes d'obligation, que ses ministres pussent prendre chaque fidelle à l'instant de sa naissance, pour le suivre jusqu'au lieu de sa sépulture, de manière à ce que tous les jours, presque chaque heure de sa vie, tout catholique eût occasion, ou se fît un devoir, de remplir quelqu'acte de dévotion extérieure, et de s'en acquitter le plus souvent à la vue et sous la direction de son pasteur.

Il devait résulter évidemment deux effets de ce nouvel ordre de choses ; l'un, que la majeure partie des chrétiens, parmi tant de devoirs où les sens ont une si grande part, s'en formeraient des habitudes machinales, qu'ils prendraient néanmoins pour l'essence de la religion, et par suite, comme une compensation suffisante auprès de la Divinité, des défauts et des vices auxquels ils ne se sentiraient pas en état de renoncer ; l'autre, que le clergé en deviendrait si constamment nécessaire, si perpétuellement employé ; parlerait aux consciences, même à celles des rois, au nom de Dieu, avec tant d'autorité, qu'un jour il parviendrait à réunir en ses mains, sinon de droit, du moins par le fait, le sceptre et l'encensoir, et sous le couvert de ce dernier, régirait tous les états catholiques.

Pour mettre le complément à cet ascendant suprême, il était indispensable, comme je l'ai dit, d'y joindre les effets de celui que procurent les richesses. Le clergé n'y manqua point, et il y réussit, soit en fixant des rétributions pécuniaires à chacune de ses nombreuses et journalières fonctions sacerdotales ; soit en établissant en sa faveur, la perception de la dîme sur tous les fruits de la terre ; soit encore en encourageant dans ces tems d'une ferveur aveugle

et d'un zèle peu éclairé, les donations pieuses, comme
l'œuvre la plus méritoire pour un chrétien ; comme celle
qui servirait le mieux au rachat de ses péchés et à la sanc-
tification de son ame.

Ainsi s'éleva rapidement la fortune des ecclésiastiques,
avec cet avantage unique, que leurs biens jouissant d'une
immunité entière, francs de tous impôts, ils ne contribuaient en rien aux charges de l'Etat, quelque pressans
que fussent ses besoins.

Il ne fallut pas ensuite de longues années à la classe
sacerdotale, pour réunir en ses mains la plénitude des
deux pouvoirs suprêmes. On vit bientôt dans la chrétien-
té, les évêques, les abbés et les monastères posséder des
domaines immenses. Quelques – uns avoir en propriété
jusqu'à 20 mille serfs, acquérir des fiefs et en jouir comme
seigneurs temporels ; tandis que d'autres prélats, se sous-
trayant eux et leurs évêchés à la suzeraineté de leurs souverains, s'en formaient autant de principautés indépen-
dantes.

Mais rien ne contribua autant à exhausser le pouvoir de
l'église, au spirituel comme au temporel, que les démarches
de Pépin et Charlemagne auprès du Saint-Siége ; l'un pour en
recevoir l'onction, comme roi de France ; l'autre pour s'en
faire sacrer empereur d'Occident : la reconnaissance qu'ils
eurent pour ces cérémonies, valut en outre à ce Siége
des dons en terres, commencement de son domaine temporel. Ces exemples furent souvent imités ensuite par les
empereurs allemands. C'était reconnaître dans l'évêque de
Rome, une autorité supérieure à celle des potentats de
la terre ; et cependant les empereurs d'Orient et les rois
Visigoths et Lombards de l'Italie n'avaient jamais considéré auparavant le prélat romain, que comme leur justi-
ciable et un évêque dont ils devaient confirmer l'élection.

Après ce pas fatal, d'autres monarques, serviles imita-
teurs de la stupide soumission des peuples aux ordres d'un
clergé arrogant et ambitieux, contribuèrent merveilleuse-
ment à consolider cette usurpation d'autorité qui, dans
le principe, n'ayant été présumée que spirituelle, devint
bientôt un droit temporel. On ne peut lire sans ressentir
une douleur mêlée d'indignation, cette ligue du pape et
des prélats français, contre le faible Louis-le-Débonnaire:
et ce jugement rendu par des évêques, des abbés, des
moines, des chanoines, tous ses sujets, par lequel ils le
déposent, le condamnent à une pénitence publique, et le
confinent ensuite dans une cellule d'un couvent de Soissons.

Il est des milliers de traits pareils pendant ces longs siècles d'ignorance et de superstition, à cause qu'il ne se
commettait aucun acte dans la société, qui ne pût offrir
alors quelque rapport avec des cas spirituels, et qu'il ne
devint par-là du ressort de la justice ecclésiastique ; et
c'était de préférence sur les têtes couronnées ou indépen-
dantes que cette autorité s'exerçait : on en sent suffisamment la raison.

Les mêmes temps nous présentent une lutte continuelle,
provenue de ce même esprit, entre l'empire d'Occident et
le suprême pontificat. Les chefs de celui-là prétendant se
conserver leur ancien droit de confirmer l'élection des pa-
pes, en leur donnant la crosse et l'anneau ; et ceux-ci ne
cessant de se refuser à cette cérémonie, et voulant exiger
au contraire des empereurs, comme princes séculiers, de
rendre à l'église, dans la personne de son chef, l'hommage et les sermens qui lui étaient dus.

Dans le fait, les pontifes romains, sous le voile de
ces soumissions religieuses, ne cherchaient qu'à augmenter leurs richesses et leur pouvoir temporel. On peut en
donner pour preuve les prétentions qu'ils réalisèrent sur les

royaumes idolâtres qui se convertirent au christianisme, et sur ceux qui furent conquis sur les infidelles. Aucun de leurs princes ne fut censé solidement assis sur son trône, s'il ne se soumettait à rendre hommage de ses états au Saint Siége, et à lui payer un tribut annuel connu sous le nom de denier de Saint Pierre. Depuis l'Espagne et les trois royaumes qui forment aujourd'hui la grande Bretagne, jusques dans la Scandinavie, la Prusse, la Lithuanie, la Bohême et la Hongrie, la piété grossissait ainsi le trésor romain, et étendait la domination des successeurs du prince des apôtres. L'empire même, après les plus longs et les plus graves démêlés, soit par lassitude, soit que les préjugés des peuples en faveur du pouvoir spirituel lui devenaient moins favorables, fut obligé de laisser indécises les questions qui les avaient agités si longtemps.

Indépendamment de ces pécunieuses rétributions, le pape jouissait, en Italie, comme prince temporel, d'un état assez considérable, que le Saint Siége tenait de la piété de plusieurs princes. Il était aussi seigneur suzerain des royaumes de Naples et de Sicile. Il prétendait que la Corse et la Sardaigne, conquises sur les Sarrasins, lui devaient foi et hommage. Il pouvait, en certains cas, imposer des contributions passagères sur les états chrétiens; et lever des dîmes sur la masse entière des biens du clergé. Enfin, au moyen des annates, des réserves, des dispenses, des collations de bénéfices, des cas évoqués à son tribunal, des frais de canonisation, des ventes, d'indulgences, des tributs qu'apportaient les pélerinages, les jubilés, etc., il attirait dans Rome habituellement la majeure partie de l'or et de l'argent monnoyés qui circulait dans l'Europe.

Après tant de faveurs de la fortune, ou du fruit de la

politique

politique adroite et raffinée de la cour de Rome, les pontifes ne balancèrent plus à se couvrir de la thiare, et à placer cette triple couronne au-dessus de tous les sceptres de la terre.

Ce suprême pouvoir 'ne lui était plus contesté lors des découvertes des Portugais et des Espagnols. Les différends qui survinrent entre ces deux peuples au sujet des limites à fixer entre leurs nouvelles possessions, et les lignes de marcation et de démarcation arrêtées par la cour de Rome à ce sujet, sont des témoignages évidens de l'opinion où l'on était alors, que la disposition des terres du globe entier appartenait de droit divin à l'humble vicaire de Jésus-Christ.

Note 31.

L'ordre d'en éclairer toute société.

Il était juste qu'une religion descendue du ciel, pour mettre fin à des promesses temporelles, détruire les fausses divinités du paganisme, et briser ses idoles, conçût un zèle ardent et toujours empressé d'en publier les dogmes, d'en prêcher les maximes, et d'en désirer l'adoption. Mais, à l'exemple du chef céleste, la douceur, la patience et la persuasion, auraient dû présider à la propagation de la foi et des commandemens de l'évangile.

Ces voies amiables, suivies aux premiers temps du christianisme, remplirent bientôt le sein de l'église d'une multitude de néophytes. A la vérité, on mêlait alors la pratique à la prédication; et après Socrate, Platon, Cicéron, etc., les peuples étaient assez instruits pour sentir les avantages de la morale chrétienne. Mais les moins éclairés des hommes se refuseraient-ils à l'écouter, quand elle conseille d'éteindre en soi les passions vicieuses, et de ne donner de l'activité qu'à celles dont les effets sont si propices au genre humain?

L'esprit de cette prédication s'altéra ; et, malheureuse-ment pour les habitans du Nouveau-Monde, il ne pou-vait l'être davantage, lorsque les Européens y arrivèrent pour la première fois.

Note 32.

Frappe jusqu'au dernier cette troupe infidèle.

On lit, à la vérité, dans une des paraboles de l'évangile, *compelle eos intrare* ; mais on a furieusement abusé de ce passage. A-t-on pu se persuader, qu'en prononçant ces mots, l'Agneau pascal, le modèle parfait de la douceur et de la patience, ordonnât d'user de moyens violens et de sup-plices corporels ? Il était bien plus naturel de les interpré-ter dans le sens de la note précédente, en s'obstinant au-près des cathécumènes, des incrédules ou des hérétiques, à les convaincre par la force des preuves et des raisons.

Note 33.

Ainsi dans Chanaan maudit de l'Eternel, etc.

Il ne faut jamais confondre des choses essentiellement disparates.

Les juifs, ne s'attendant qu'à des jouissances physiques, ou à des prospérités temporelles, pouvaient être punis, avec raison, par la suspension ou la perte de ces biens chéris : la mort en est le dernier terme. En immolant des en-nemis souillés d'idolâtrie, ils agissaient dans leurs principes suivant leurs préjugés religieux.

Il n'est pas de même des chrétiens. Croyant à des ré-compenses futures, et ne considérant cette vie que comme un passage semé de déplaisir et de douleur, l'ôter à une personne, c'est, suivant cette doctrine, abréger ses souf-

frances et sa misère ; et conséquemment agir d'une manière contradictoire. C'est encore dévouer trop précipitamment aux brasiers éternels , des pécheurs parmi lesquels ,
avec plus de persévérance et d'instruction , ou seulement
par l'effet de la grâce divine , il s'en serait trouvé quelques-
uns qui , comme Saint Paul , fussent devenus les plus
fermes soutiens et les plus ardens propagateurs de la
religion chrétienne.

Quelle dérision, au surplus , de donner à l'église, pour
principale devise , l'horreur du sang, et d'en avoir répandu
à flots si souvent et de tant de manières !

Note 34.

Massacre des Indiens la foule désarmée.

On peut considérer comme sans armes des troupes auxquelles on ordonnait de ne commettre aucune hostilité
contre des étrangers , craints ou respectés jusqu'à la vénération.

Dans ce passage-ci, j'ai en vue l'affaire de Caxamalca ,
où cent soixante Espagnols assaillirent à l'improviste, autour du faible Atahualipa , trente mille guerriers de sa
garde, qui ne commencèrent à se défendre qu'après le
massacre d'un grand nombre des leurs.

L'empereur du Mexique avait de même ordonné à ses
troupes de s'abstenir de toute agression envers les soldats
de Cortès, lors de ses premiers pourparlers avec ce général. Il fit bien pire ensuite, en avouant une prédiction,
vraie ou fausse, de Quézalcoal, l'un de ses prédécesseurs,
d'après laquelle il reconnaissait le roi d'Espagne pour son
héritier, et s'en déclarait d'avance le vassal. Il y a des
momens fixés pour la chûte des empires.

Il est à remarquer, qu'en leurs premières conquêtes,

les Espagnols n'éprouvèrent de résistance bien prononcée, que de la part de quelques petites peuplades le long des côtes de la Terre-Ferme, lesquelles, à raison de leur défense opiniâtre et meurtrière, en reçurent le nom d'Indios-Bravos. Leurs flèches étaient empoisonnées, et ils s'en servaient avec tant de dextérité, que rarement ils manquaient leur but. Les Espagnols ne leur opposaient pas moins d'ardeur et d'opiniâtreté. Un seul exemple suffira; c'est celui d'Ojeda : à l'attaque d'un village Indien, soixante-dix hommes, composant sa troupe, tombèrent tous sous ces redoutables dards, et lui fut trouvé le lendemain, par une autre troupe venue à son secours, réfugié dans des mangles, couvert de son bouclier criblé de flèches, et prêt à expirer.

Note 35.

Où l'or, en hauts monceaux éclate de toutes parts.

Colomb, ainsi que je l'ai dit ailleurs, avait entrepris de découvrir de nouvelles terres, moins dans l'idée d'en trouver abondantes en riches métaux, qu'excité par le désir de la gloire. Il n'en fut pas de même des Espagnols qui suivirent ses traces. Ils y allaient à bon escient, assurés d'avance d'y trouver des richesses, auprès desquelles les trésors du grand Mogol n'étaient que des bagatelles. Ils étaient bien déterminés à s'en procurer quelques parties, n'importe à quels prix ni par quels moyens.

Note 36.

Comme aux mains de Midas l'or jaillit sur ses bords.

Je donnerai une idée frappante de l'opulence des mines du Nouveau-Monde, en citant les paroles suivantes d'un

minéralogiste instruit, témoin au Pérou de leur exploita-
tion. Après avoir observé que les Espagnols laissaient
beaucoup d'or et d'argent dans le rebut, il ajoute : si le
minerai était parfaitement épuré, il en résulterait, à la
longue, une masse de riches métaux, telle que, mise en
circulation, elle bouleverserait le système industriel et
commercial de l'Europe, en y rendant l'argent aussi commun que le cuivre ou le fer.

Les mines d'or sont moins fréquentes que les mines
d'argent, dans la proportion vraisemblablement qu'on a
établie dans la circulation de ces métaux, comme numéraire.

Note 37.

Et tel qu'un épervier, etc.

Le fer dont les Espagnols étaient armés, leurs mous-
quets, leur artillerie et leur tactique militaire, ne furent
pas les seuls avantages supérieurs qu'ils eussent sur les
Indiens, en se mesurant avec eux. Ces indigènes, dans
les combats, n'étaient poussés que par le besoin de défendre leurs jours. Indépendamment de ce but, leur ennemi s'élançait impétueusement sur eux, épris d'une cupidité, qui ne pouvait se satisfaire qu'après avoir renversé
tout ce qui s'y opposait.

L'ardeur de cette passion avait tellement exalté dans
ces adversaires la chaleur du courage et l'opiniâtreté des
efforts, que jamais, aux premiers temps de la conquête,
ils ne comptèrent le nombre des ennemis, ne reculèrent
devant aucun danger, et ne faiblirent devant aucun obstacle. S'enrichir ou perdre la vie, telle fut leur devise constante, et tellement générale dans la métropole, qu'on fait
compte de huit millions d'individus qui en sortirent, dans

ce long accès d'avidité, pour conquérir ou habiter les pays découverts.

L'expédition de Cortès et l'entreprise des Pisarres sont de fameux témoignages de la témérité et des efforts des premiers conquérans de l'Amérique. Rien n'est comparable, dans ce genre, à la résolution que prirent douze hommes de l'équipage de François Pisarre, de lui rester attachés, et de poursuivre ensemble la conquête du Pérou, au moment où tous leurs autres camarades, rebutés des dangers renaissans, des fatigues extrêmes et du peu de succès de leurs armes, abandonnaient ce chef, sur une côte stérile, à son malheureux sort. L'histoire a conservé les noms de ces hommes intrépides.

En poursuivant les Indiens avec un tel acharnement, et en autant de lieux à la fois, les Espagnols durent en diminuer le nombre considérablement; il en périt, en effet, une multitude, soit dans les attaques ouvertes, soit dans les piéges qu'on leur tendait, ou les recherches obstinées qu'on en fit dans les endroits où ils s'étaient recélés. Soumis ensuite et dans la captivité, des mauvais traitemens, des travaux forcés, le chagrin, le désespoir, firent de tels ravages parmi eux, qu'au rapport d'un évêque contemporain, qui atteste les registres publics à l'appui de son assertion, il était déjà péri de son temps, douze millions d'indigènes, dans les pays occupés par les Espagnols; c'est-à-dire, le tiers à peu près de la population entière de l'Amérique.

NOTE 38.

Au gibet, sur la roue, ou sur de vifs charbons.

Aucune des personnes qui ont lu, n'ignore la triste fin de Montezuma, ni le supplice de Gatimozin et de son

trésorier. Atahualipa fut étranglé ; le cacique Bogota souffrit des tortures affreuses ; Henry, le dernier des princes
d'Haïti, fut long-temps poursuivi de mont en mont, et
de retraite en retraite par les Espagnols, menant en lesse
leurs cruels lévriers. Une quantité de pareils Indiens expira encore dans la barbare persécution, qui eut pour objet
de leur arracher l'aveu des endroits où l'on supposait qu'ils
avaient enfoui ce qui leur restait de précieux.

Les individus de ces familles nobles ou souveraines,
qui survécurent à ces temps désastreux, n'obtinrent la vie
sauve, qu'en se soumettant à la rigueur de leur sort, sans
en témoigner le moindre ressentiment, et avec une entière résignation. Il y en eut quelques-uns auxquels la
cour d'Espagne conféra les titres de comtes ou marquis.
Mais en général, l'infortune et l'humiliation fut leur lot
ordinaire.

Ces victimes ne furent pas les seules dévouées à la cupidité des Espagnols. Un nombre considérable de simples
sujets, soupçonnés également de cacher leur or, périrent
aussi de diverses manières.

A ces cruautés de l'avarice, il s'en joignit de dictées
par le fanatisme. Ce zèle outré, piqué par fois de l'obstination des infidèles à ne vouloir pas renoncer à la religion de leurs pères, leur fit expier cette innocente faute
sur des bûchers : c'était le supplice ordinaire, non-seulement des Indiens qui refusaient de se convertir, mais encore de ceux qui n'avouaient pas les endroits où ils avaient
caché leurs richesses. Toute la grâce qu'on faisait à ces
derniers, quand ils s'avouaient chrétiens avant l'exécution, était de les étrangler avant de les livrer aux flammes.

On connaît le mot du cacique Hacutu, en pareille occasion. J'ai en horreur, dit-il à un moine, un paradis où

vous et vos pareils espérez d'être reçus. Qu'on me jette vivant sur le bûcher.

Note 39.

Ils s'étaient contentés d'en effleurer les veines.

Des écrivains ont autant douté de l'immense quantité d'or et d'argent trouvée, suivant quelques historiens, dans les mains des Indiens, au temps de la conquête du Nouveau-Monde, que de la perfection où y étaient parvenus alors la civilisation et les arts.

En effet, ce peuple dépourvu de toute connaissance en mécanique et en minéralogie, et n'ayant que des grossiers instrumens, pouvait-il fouiller avec succès dans les entrailles de la terre, dans des terrains arides et rocailleux, en retirer le minerai à une certaine profondeur, et parvenir à le bien épurer? L'on vient de voir, qu'après trois siècles consécutifs de travaux de ce genre, les Espagnols n'y sont pas habilissimes. On assure que, dans les débris qu'ils laissent, un ouvrier plus instruit ou plus persévérant, peut se faire un profit de cinq cents piastres par semaine.

Il n'est pas étonnant néanmoins que la masse qu'en reçut l'Espagne, par le retour des premières expéditions, ne parût prodigieuse, comparée au numéraire répandu auparavant dans le royaume.

Note 40.

Le peu qui leur manquait leur valut ces tourmens.

Qu'elle fut extrême l'infortune de ces princes qu'immola l'insatiable avarice des Espagnols! Loin d'être coupables envers ces bourreaux, ils n'avaient péché auprès d'eux que par trop de réserve et de soumission. C'est à cette conduite pusillanime qu'ils durent les chaînes dont ils furent chargés, et les échafauds sur lesquels ils périrent.

Quelle imprudence d'abord de leur part, d'apporter en présens aux pieds de ces étrangers ce qu'il y avait dans leur empire de plus riche et de plus curieux ! Ils ne jugeaient d'eux que d'après leur cœur et leurs goûts. Mais, quelle différence ! A la vue de ces richesses, il ne s'éleva qu'un cri dans l'ame de ces nouveaux venus, celui de se rendre maîtres, à quelque prix que fût, d'un pays aussi rempli de trésors.

Les moyens lents ne conviennent nullement aux coureurs de fortune. Les Indiens, si on leur en laissait le temps, pouvaient se raviser, revenir de leur terreur, et plus assurés soit du petit nombre de leurs agresseurs, soit des qualités extraordinaires qu'ils leur supposaient, se déterminer à les combattre et à leur faire une vive guerre. Pour prévenir ce danger, il ne resta d'autre parti aux Espagnols, que de se ménager un accord amiable, afin de mettre promptement en leurs mains les richesses étalées à leurs yeux, sauf après ce coup, de prendre telles mesures qui satisferaient le mieux leur avidité.

Cette ruse concertée, on convint donc avec les souverains du Mexique et du Pérou, de les laisser paisibles possesseurs de leur empire, s'ils se dépouillaient en faveur des Espagnols, d'une certaine quantité, immense toutefois, d'objets d'or et d'argent, ou de tels autres effets précieux. On demanda expressément à Atahualipa, pour sa rançon, d'en remplir un vaste salon de son palais jusqu'à toucher les soliveaux. La crise où ces monarques se trouvaient leur fit accepter ces propositions avec trop

d'empressement, sans doute, car ils ne purent remplir
leur promesse : il s'en manquait peu néanmoins au Pérou.
Au Mexique, on eut beau en entasser, il n'y en avait jamais assez. Princes infortunés ! votre sentence était déjà
prononcée. Les villes entières de Mexico et de Cusco,
pleines d'or, ne vous auraient pas sauvé la vie.

NOTE 41.

Il vit naitre et durer cette guerre inégale.

Je désigne ici la lutte longue et sanglante, qui finit par
rendre les Espagnols maîtres de l'Amérique, depuis la
Floride et le Nouveau-Mexique, jusqu'à l'embouchure de
Rio de la Plata. Lutte où, malgré les inimitiés et les démêlés violens survenus parmi les conquérans, ils vinrent
néanmoins à bout de cette immense entreprise.

Ce ne fut pas cependant sans essuyer, en quelques occasions, une défense opiniâtre et des échecs. Dans les premières
hostilités, les Indiens, abattus par leurs traditions, et effrayés
de la supériorité des attaquans, n'avaient montré aucune
énergie. Mais, poussés à bout ensuite par les injures et
les cruautés qu'on a lues, leur douceur se changea en
rage, et leur patience en désespoir. Ce n'est qu'alors que
résolus d'échapper à la tyrannie qu'ils prévoyaient pro-
chaine, ils commencèrent non-seulement à mieux défendre leurs jours, à disputer le terrain pied à pied, mais à
assaillir leur ennemi, à remporter des avantages sur lui,
ou à rendre la victoire incertaine et fort coûteuse.

Cependant ces indigènes, tués à milliers dans les combats antérieurs, n'avaient pas entièrement secoué cet ascendant qu'un vainqueur acquiert sur des adversaires fréquemment battus. Ceux-ci conservaient encore, malgré eux,

des mouvemens de timidité ou de frayeur, en s'en appro-
chant les armes à la main. En outre, le nombre des Espagnols n'était pas aussi faible que dans les commencemens
de la conquête, et des recrues venaient réparer les pertes
qu'ils éprouvaient dans les combats.

La résistance des Indiens ne fut pas par-tout également
prononcée. En moins de 40 ans, la race en fut comme
éteinte dans les grandes et les petites Antilles. Au midi,
sur les côtes voisines, quelques peuplades firent payer
cher leur soumission forcée : il y eut aussi des levées d'armes dans le Mexique et dans le Pérou, où tout ne se passa
point à l'avantage des Espagnols ; mais ce fut à l'Orient des
Cordillières, ces fameuses andes, vers le Chili et le Para-
guay, que les conquêtes devinrent pénibles et coûteuses.
Ces pays étaient peuplés de Sauvages faits à la dure, et
d'un caractère fier et indépendant.

Note 42.

Mais hélas ! que peut-il contre les destinées !

Ce vers se rapporte à celui que prononce, dans le commencement du poëme, le génie des Américains : (Mais
comment éluder ces décrets éternels).

On ne sait guères que penser de la concordance de
quelques historiens, à l'égard des prédictions qui, tant au
Mexique qu'au Pérou, avaient annoncé l'arrivée d'un peuple extraordinaire envoyé par le ciel, pour renverser l'empire et le culte de ces deux états, en punition des excès
criminels auxquels on s'y livrait.

Les personnes qui n'y croient pas, jugent que les Espagnols accréditèrent ces saints bruits, pour se donner une
espèce de relief sacré ; tandis qu'à dessein d'augmenter le

mérite de cette mission, et se justifier des maux dont ils accablaient les Indiens, ils les accusaient d'être généralement livrés à l'infame pédérastie.

Comment résoudre ce problème? Le pour et le contre sont également balancés.

La plus forte présomption de la vérité de ces bruits peut se déduire de l'accablement d'esprit et du découragement qui saisirent les deux empereurs, quand on leur eût appris l'arrivée des Européens. Sans doute un homme sensé ne croira point aux diseurs de bonne aventure ; le hasard cependant peut les servir quelquefois. Les imposteurs ne sont pas rares non plus. Il y en a eu même parmi les philosophes. Zamolxis, Epiménide, Pythagore, jouèrent de saintes farces. Il a pu en être de même des princes indiens. Parmi eux, quelques-uns auront eu la manie de vouloir passer pour prophètes, et par hasard ils auront réussi. Mais, ce qui ébranle bien cette possibilité, et donne à penser que ces prédictions furent de fabrique européenne, c'est l'accord qui règne, la ressemblance qu'il y a entre celles des deux empires, quoique ces peuples n'eussent point de communication entr'eux.

Si les Espagnols forgèrent ces bruits, en les publiant, ils se sont enlevés tout le mérite militaire de leurs expéditions : ils jouaient, dans ce cas, le rôle des Israélites, dans la prise de possession de la terre promise, lorsque Dieu faisait tomber les murs au bruit des trompettes, et jetait une terreur panique dans l'esprit des Chananéens.

La vérité de ces prédictions est donc fort douteuse, quoiqu'elle puisse être fondée. C'est l'un de cette quantité de cas auxquels on peut appliquer le mot de Fontenelle, que l'histoire n'est le plus souvent qu'une fable dont on est convenu.

N o t e 43.

Au choc impétueux du véloce coursier.

Encore à présent, et parmi nous les armées les mieux
pourvues de cavalerie ont un avantage décidé sur celles
qui n'en sont pas aussi bien fournies. Quel devait donc
être l'effet de celle des Espagnols sur les peuples qui
n'avaient pas un seul cavalier, et si effrayés encore à la
vue de la bête inconnue qui semblait en faire partie ?

En effet, ils connaissaient si peu les chevaux, qu'il y
en eut qui présentèrent des morceaux d'or à la bouche
de ces animaux, dans l'idée qu'ils s'en nourrissaient, les
voyant mâcher leurs mords, dont les bossettes étaient de
cuivre jaune.

Que de réflexions à faire sur ce trait !

N o t e 44.

Infortunés ! en vain pour éviter la mort, etc.

La guerre dont j'ai parlé dans la note quarante-unième,
ayant détruit ou dissipé les armées indiennes, il ne resta
plus de rebelles au joug espagnol, que quelques partis
obstinés à ne jamais s'y soumettre, et conduits par des
chefs aussi résolus. La multitude déjà tombée en esclavage périt, en grande partie, sous le faix des plus rudes
travaux, au service des armées où on les employait
comme bêtes de somme, à la confection ou à la ré-
paration des grandes routes, à la culture des terres pour
la subsistance des armées ; et enfin, à ces fouilles meurtrières des mines, que la cupidité européenne entr'ouvrait
de toute part, sans y comprendre ceux dont j'ai déjà fait

mention, qui, désespérés de ce sort lamentable, en terminaient eux-mêmes misérablement le cours.

Quant à ces braves, auxquels l'indépendance était si chère, réduits à ne pouvoir plus lutter avec avantage contre des adversaires dont le nombre grossissait au lieu de diminuer, ils prirent le parti de se réfugier dans des endroits forts d'assiette et presqu'inaccessibles, en attendant des occasions plus favorables.

Mais ils ne connaissaient pas bien encore le caractère de leur ennemi. Ce parti l'irrita plus qu'une vraie résistance, et, toujours sous le saint manteau de la religion, il jura de n'en laisser rechapper aucun. Les efforts furent dignes de la résolution. Indépendamment des dogues qu'on lançait dans ces retraites pour les dévorer vivans, il y eut tel espagnol qui fit vœu d'en immoler douze par jour, en l'honneur des douze apôtres : singulier mélange de barbarie et de fanatisme! Enfin, s'ils ne furent pas hachés à morceaux, comme de nouveaux Amalécites, du moins, prisonniers, ils périrent appliqués à de vives tortures, et rendant leurs derniers soupirs dans ces violens supplices.

Ce qui étonne le plus de cette féroce conduite, c'est qu'elle était connue, et même encouragée par une cour dont le ministère était quasi tout composé d'ecclésiastiques. La solde des chiens destinés à relancer les Indiens, y était fixée à deux réaux par mois, que le soldat, maître d'un tel second, recevait exactement. On a conservé le nom de quelques-uns de ces animaux, les plus ardens et les plus heureux dans ce cruel office : Bérécillo et Brutus particulièrement. La cour pensionna le premier, en récompense de ses hauts services; l'autre l'eût été probablement, tant il avait multiplié ses ravages, s'il n'eût enfin tombé sous les flèches des Indiens.

Le surnom d'Hercule fut donné à Vasco-Nugnés,

maître d'une meute de ces chiens, qui, plus acharné qu'aucun autre à la destruction des indigènes, finissait de les massacrer, quand ses dogues ne les avaient pas achevés.

NOTE 45.

Alors de ses regards changeant les tristes scènes.

Lorsque j'entrepris ce morceau de poésie, je n'eus en vue que de me former un texte, où j'insérerais des notes, dans l'intention d'y exposer les excès commis dans les Deux-Indes par les nations européennes : premièrement contre les naturels du pays, et ensuite entre elles-mêmes.

Cette grande révolution comprend trois époques distinctes. Pendant la première, d'environ un siècle, les Espagnols et les Portugais, encore dans leur énergie, et avec des forces suffisantes, acquirent des vastes possessions, et purent les conserver.

La seconde occupe le dix-septième siècle. Ces deux peuples, commençant alors à déchoir, ne résistèrent plus que faiblement aux attaques réitérées de leurs rivaux, Anglais, Français et Hollandais. Ces derniers parvinrent à dépouiller, presque entièrement, les Portugais des îles et des comptoirs qu'ils occupaient aux Indes orientales, et à leur enlever, pour quelque temps, le Brésil ; et ce ne fut qu'en essuyant de fréquentes attaques et des coups vigoureux, que les Espagnols conservèrent, (tant la masse en était étendue) la majeure partie de leurs colonies de l'Amérique.

Le dix-huitième siècle offre ces trois peuples, livrés principalement au trafic maritime, se pénétrer de plus en plus de l'esprit mercantile ; c'est-à-dire, s'envier, se rivaliser, se provoquer, se supplanter, et donner naissance à des démêlés sans fin; chacun visant à s'approprier exclusivement quelques branches essentielles de ce commerce, en attendant qu'il lui devînt possible de les monopoliser toutes. De là, tant d'hostilités et de guerres longues et envenimées, qui depuis ont désolé l'Europe; de là, sa dépopulation, sa misère réelle sous le brillant d'une opulence trompeuse, et les dettes énormes à la charge de tous ses états; de là, enfin, tant de chocs révolutionnaires, accompagnés de leurs troubles et de leurs angoisses, qui se sont précipités les uns sur les autres, et dont la fin ne saurait se prévoir.

Les maux éprouvés par les Indiens ont été décrits: il me reste à parler en résumé, de ceux que les Européens se sont faits eux-mêmes.

NOTE 46.

Vers les lieux opposés, sources de tant de peines.

C'est l'Europe que je désigne par cette expression.

NOTE 47.

Il voit ces agresseurs, etc.

Les Espagnols et les Portugais, en s'emparant des Deux-Indes, furent les premiers agresseurs; et les seconds sont les peuples Européens qui, devenus leurs rivaux et attaquant leurs Colonies, les en ont dépouillés en tout ou en partie.

NOTE

Note 48.

Le Lusitain de même, aux plages d'Orient, etc.

Il me fallait parler des conquêtes des Portugais aux Indes-Orientales, avant d'exposer le préjudice énorme qu'en reçut leur puissance, ou plutôt la nullité politique dans laquelle elle tomba.

Vasco de Gama doubla le Cap-de-Bonne-Espérance en 1497 ; et dans moins de vingt ans, les Portugais, maîtres des côtes du Malabar, y possédant l'importante ville de Goa, alliés, respectés ou craints des petits souverains de ces contrées ; ayant soumis de force le Zamorin, et détruit ou expulsé les armées navales des Maures qui, jusqu'à cette époque, embrassaient tout le commerce de cette partie de l'Asie ; ainsi triomphans, les Portugais, dis-je, dominaient dans les parages de l'Inde en maîtres et sans concurrens.

Ces succès leur avaient facilité d'autres entreprises : l'acquisition de l'île d'Ormus dans le Golfe persique, et celle de Socotora, à l'entrée de la mer rouge dont elle est la clef. Ils avaient conclu un traité d'amitié avec le roi de Ceylan, et achevé la conquête de Malaga, ville qui commande l'un des détroits à franchir pour entrer dans l'Archipel oriental de l'Asie.

Ces conquêtes étonnantes furent, en grande partie, l'ouvrage du fameux Albukerque. D'après ses vues, d'autres capitaines portugais ayant ensuite dirigé leurs routes vers la Chine et le Japon, ces royaumes consentirent à les admettre dans leurs ports ; et le premier les laissa s'établir à Macao. Tant de prospérité leur acquit encore l'alliance des souverains de Siam, du Pégu et

7

de la Cochinchine, ainsi que la faculté de commercer
avec leurs sujets. Par la suite, ils se rendirent maîtres
des iles Moluques, et établirent des comptoirs dans les
îles de la Sonde.

Quoiqu'ils eussent découvert le Cap-de-Bonne-Espérance, ils avaient négligé de l'occuper, relâche si nécessaire néanmoins aux bâtimens partis d'Europe et destinés pour les mers de l'Asie. Dans le dessein d'y sup-
pléer, ils s'en étaient ménagés sur les côtes du Zanguebar,
à Mozambique et à Mélinde, pays aboudans en or et en
morfil.

Lisbone, parvenue ainsi à être le centre des richesses
de ces deux opulentes parties du globe, devint bientôt le
marché unique de ce qu'elles fournissaient de plus recher-
ché : l'or, l'argent, l'ivoire, l'écaille, l'ébène, les perles,
les pierres fines, l'ambre, l'encens, le poivre, la can-
nelle, le girofle, la muscade, le thé, la porcelaine, le
café, le sagou, l'indigo, les étoffes de soie, et les toiles
de coton, blanches ou peintes en superbes couleurs.

Tel était le haut degré de ses richesses commerciales,
pendant que les marchés de Cadix offraient à l'Europe les
nobles métaux enlevés à l'Amérique, et quelques-unes
de ses précieuses productions.

Après cette courte notice des avantages que les Espagnols et les Portugais retirèrent momentanément de leurs
découvertes, si l'on passe à l'examen des conquêtes qu'ils
y firent, pour en saisir les moyens et le but, on y remarque une différence essentielle que dicta la nécessité,
et non le caprice ou le hasard.

Car, que désira l'Espagne, après avoir reconnu la quantité et la richesse des mines de l'Amérique? De se rendre maitresse de ce Continent, en y jetant une population
qui lui en assurât la possession. Délaissant donc alors les

rivages maritimes ; après les avoir assujettis, elle porta ses armes dans le cœur du pays; et sans rivaux dans ces parages, elle n'employa que des petits navires pour y transmettre les forces et les secours suffisans.

Le Portugal, au contraire, eut un besoin indispensable d'envoyer en Asie des vaisseaux de haut bord, et bien armés en guerre, son but ne pouvant être que d'y accaparer le commerce extérieur, déjà au pouvoir d'un peuple navigateur, nombreux et puissant, qui n'en exportait que des produits du sol ou de l'industrie. De pareilles circonstances n'exigeaient pas de cet état des conquêtes intérieures ; mais seulement de s'emparer de quelques postes fortifiés sur les côtes, et d'avoir une marine assez puissante pour en écarter tout rival assez osé pour s'y montrer.

Si ces conquérans différèrent en ces points, ils eurent de commun la hardiesse, la constance et l'intrépidité qu'ils déployèrent en ces occasions. Leurs exploits paraîtraient fabuleux, si l'on ne connaissait la roideur des ressorts du fanatisme et de la cupidité.

Un avantage commun encore à ces deux nations, c'est d'avoir eu en leur faveur, en Asie comme dans le Nouveau-Monde, la jalousie ou les récriminations de quantité de petits états envers les empires dont ils dépendaient. Ces vassaux conduits, les uns par le dessein de se délivrer de ce joug, les autres par l'espoir de s'agrandir, s'empressèrent de se joindre aux Européens, comme auxiliaires, et de les servir puissamment.

J'ai dit que le moyen de conquérir et le but des conquêtes furent nécessairement opposés entre ces deux peuples. Le hasard a heureusement servi l'Espagne. A l'aide de son système territorial, la grande population qu'elle avait jetée sur le Continent lui en a conservé les acquisitions, dans le temps même de sa faiblesse. Le Portugal, au contraire, n'ayant pu tenir en Asie qu'au système maritime, n'y a presque rien conservé de ses possessions ; tant il est vrai, que celui-ci n'est qu'une mesure boursouflée, plus coûteuse qu'elle ne rend, et dont l'éclat est toujours éphémère !

N o t e4 49.

Riches, dans la mollesse usant leur vie entière, etc.

Il n'y a rien d'exagéré dans cet exposé de la chûte politique des deux peuples qui jouirent les premiers des produits opulens des Deux-Indes.

Le nombre extrême de sujets qu'exigèrent leurs vastes desseins eut bientôt énervé la population des métropoles : or, quand celles-ci manquent de bras, quelle force leur reste-t-il ? C'est comme si le sang qui circule en nous, se jetant aux extrémités, laissait le corps presque dépourvu de ce principe de vie. Mais combien cette éthisie n'augmente-t-elle pas, lorsque l'opulence s'introduisant ensuite dans l'état, elle métamorphose les sujets en autant de Sybarites et les souverains en Sardanapales !

Sous Ferdinand et Izabelle, l'Espagne populeuse et guerrière finit de s'arracher des mains du Maure : on y comptait alors quinze millions d'individus. Ses champs étaient bien cultivés : quelques manufactures y florissaient, et à l'aide de ses belles laines, de ses vins de prix, de son fer, de ses huiles, de ses fruits secs, et de quelques autres de ses productions, son commerce se soutenait, sa marine se faisait craindre, et elle marquait parmi les puissances de l'Europe les plus prépondérantes.

Tout cela change chez elle du moment où le funeste coup

de ses acquisitions lointaines s'y fait sentir ; et leur or, au lieu d'alléger le mal, ne le rend que plus grave et plus constant.

Vers le milieu du dix-septième siècle, elle se vit réduite à huit millions d'habitans ; et son roi Philippe II, malgré tous les trésors du Pérou, du Mexique et du Brésil, finit par ne pouvoir pas faire honneur à ses engagemens.

Sous Philippe V, l'Espagne n'avait plus que six millions de sujets, en Europe. Cette époque forme le *nec plus ultrà* de sa dépopulation et de sa décadence politique. Sous les Bourbons, grâces, sans doute, au très-faible nombre d'individus qui s'en expatriaient pour passer dans les Colonies déjà suffisamment peuplées, l'industrie a repris quelque vie dans la Métropole : la culture y a occupé plus de bras, et on y a établi quelques manufactures. L'esprit national s'y ressent néanmoins encore de la paresse que l'or y avait introduite. Mais peu à peu ce royaume sortira de son abjection politique, s'il est vrai qu'en 1798, on y ait compté (1) douze millions d'individus, et si l'émulation qui règne dans l'Europe, aiguillonnée par le nouveau Gouvernement, s'y glisse et s'y fortifie.

Quant au Portugal, passé sous le joug de l'Espagne, après la mort de son roi Sébastien, et dépouillé, sous cette domination, de ses Colonies par les Hollandais, il n'a plus d'existence politique en Europe que celle que lui assurent les Anglais ; et ceux-ci ne la lui laissent, qu'à cause qu'ils en retirent des bénéfices plus

---

(1) Plus récemment on a évalué sa population à dix millions seulement d'individus.

assurés et moins coûteux, que s'ils étaient eux-mêmes possesseurs du Brésil.

NOTE 50.

A peine subvient-elle au simple nécessaire.

Du moment que l'Espagne et le Portugal, au milieu de leur opulence en signes numéraires, eurent abandonné ou négligé la culture et les arts, la seule vraie richesse des peuples, il leur devint indispensable de recourir à l'étranger pour les besoins les plus communs de la vie. On y était couvert de galons d'or, et on y manquait d'étoffes et de pain. Les produits des mines se consommaient ainsi, et encore n'y suffisaient-ils pas. La paresse y dominait tellement, qu'on a supposé qu'ils se plaignaient aux Hollandais, de ce qu'ils ne leur apportaient pas les harengs tout cuits, pour leur éviter la peine de les mettre sur les charbons. Dans le même temps, l'Espagne tirait en alimens de l'intérieur de la France, jusqu'à des pourceaux engraissés, et tous les ans quantité de nos Limousins et de nos Auvergnats y passaient, dans les saisons convenables, pour y ensemencer les terres et en ramasser les récoltes.

NOTE 51.

. . . . .D'une aile rassurée.

C'est-à-dire, certaine d'être bien accueillie.

NOTE 52.

Assez et trop long-temps dévoués au Dieu Mars, etc.

La mythologie des peuples septentrionaux, tant en Europe qu'en Asie, nous enseigne qu'ils reconnaissaient tous le Dieu de la guerre pour leur suprême divinité. Leur pensée favorite dans ce monde consistait dans l'espoir, qu'après avoir combattu vaillamment, ou péri les armes à la main, ils deviendraient, dans l'autre vie, les convives habituels de leur Dieu Odin; et avec lui jouiraient du bonheur éternel d'avaler la bière à longs traits dans les crânes des ennemis qui auraient succombé sous leur fer.

Ces peuples devaient vraisemblablement au climat, autant qu'à cette idée religieuse, leur inclination guerrière, comme ils lui sont redevables, de la rudesse de voix, de la force de corps, et du caractère énergique qui les distinguent. L'ancien hémisphère a vu fréquemment ces hordes boréales sortir de leurs régions glacées, et se répandre en torrens impétueux sur le Midi, soit pour se décharger de leurs jeunes essaims, devenus trop nombreux, soit pour aller jouir d'un ciel moins rigoureux et d'un sol plus fécond; et rarement il est arrivé que les peuples méridionaux aient rendu nulles leurs excursions audacieuses.

Hors ces deux cas, ces nations du Nord, accoutumées à une vie dure, couvertes de fourrures ou vêtues de grossières étoffes, se nourrissant de chasse, de pêche, ou du lait de leurs troupeaux, aspiraient peu aux douceurs de la vie molle que mènent les sociétés civilisées du Midi : la sévérité de leur climat semblait même s'y opposer.

Le luxe a néanmoins tant d'attraits, la vanité croit y trouver tant de relief, qu'en peu de temps ces goûts contagieux pénètrent dans les lieux qu'on aurait pensé en être le moins susceptibles, parviennent à y dénaturer les esprits, et à vaincre la loi des climats.

Au cri qui retentit en Europe de la prodigieuse quantité d'or, d'argent et de marchandises précieuses, que recevaient constamment les ports de Lisbone et de Cadix,

une avide cupidité s'empara des cœurs des peuples septentrionaux.

Ce n'est pas qu'alors ces pays là fussent dénués de tout
commerce, et sans relations avec le Midi. Plus anciennement Constantinople leur faisait passer par la voie de
la Hongrie et de l'Allemagne, une partie, mais légère,
de ce qu'elle recevait des Indes, par la Perse ou par le
golfe Arabique. Plus tard, vers le treizième siècle,
quelques villes de la Mer Baltique et du cœur de l'Alle-
magne, avaient formé une association de commerce, sous
le nom de Hanse-Teutonique, dont les comptoirs s'éten-
daient principalement à Bruges, à Anvers et à Londres.
Les Flamands se livraient à des manufactures renommées
par la finesse et la perfection des ouvrages en fil et en
laine; mais le commerce anséatique se bornait presqu'alors
à des échanges d'objets de premier besoin. Le Nord fournissait diverses espèces de poissons salés et de viandes
fumées, des beurres, des fromages, des résines, du gou-
dron, du chanvre, du bois de construction, des mâtures,
du cuivre, du fer, de l'étain; et prenait en retour les productions territoriales du Midi, avec quelques marchandises des Indes-Orientales; des épiceries particulièrement,
que les Italiens allaient chercher à Alexandrie.

NOTE 53.

Livrés à ces travaux, Lisbone et l'Ibérie, etc.

D'après la note précédente, on a senti les avantages ré-
ciproques des liaisons mercantiles qui existaient, avant
Colomb, entre le Nord et le Midi de l'Europe; et ce qui
est plus précieux, combien de leur nature, elles étaient à
l'abri des dissentions sérieuses.

Mais du moment que des richesses, comme natives, eurent fait tomber des mains des Portugais et des Espagnols, la charrue, la navette et le fuseau, tout le bénéfice de leurs consommations dut appartenir aux étrangers qui entreprirent de les leur fournir. Les peuples du Nord s'en chargèrent avec empressement; et devenus plus ardens à multiplier les produits de leur sol et de leur industrie, il parvinrent à pouvoir remplir, à cet égard, non-seulement les besoins des Métropoles, mais ceux des Colonies.

Quelle quantité d'individus qu'il leur fallut ainsi vêtir et alimenter! Quelle somme de bénéfices, et quelles heureuses liaisons!

La France, à qui le voisinage rendait ce commerce facile et moins dispendieux, n'eut pas une grande part d'abord dans ces avantages, bien que son agriculture ne fût point négligée, et que ses Basques, ses Bretons et ses Normands eussent été des premiers à se livrer aux grandes pêches. Ce n'est qu'après l'établissement de ses manufactures par Colbert, que son commerce avec l'Espagne lui devint extrêmement lucratif.

Note 54.

Fortunés! si toujours à ces arts nécessaires, etc.

Les communications amiables, exposées dans la note précédente, ne furent pas permanentes. Elles l'eussent été, si chacun des peuples fournisseurs, plus modéré dans son ambition, et s'attachant seulement à grossir ses profits par l'excellence de ses denrées, la perfection de ses ouvrages, et le débit particulier des produits privilégiés de son sol; (car il n'est point de royaume qui n'en possède exclusivement quelques-uns, ou du moins d'une qualité supérieure), si chacun d'eux, dis-je, prévenant ainsi les jalousies naturelles, eût fait dépendre ses profits, du goût, du choix et de la liberté des consommateurs : cette juste concurrence et cette noble émulation eussent fait naitre des bénéfices assez considérables et également partagés, qui auraient prévenu cette quantité de cas d'où s'élèvent tant de troubles et d'altercations.

Mais la cupidité n'a ni cette justesse d'esprit, ni cette grandeur d'ame. Chacun des états fournisseurs, alléché par ces gains particuliers, voulut et se flatta même d'en accaparer la totalité. Ce ne pouvait être que par des voies sourdes et lentes premièrement, et ensuite, en usant d'injustices et de violences. Ces difficultés ne les retinrent pas ; ils osèrent encore convoiter les possessions même dont les trésors sont originaires, et en dépouiller leurs maîtres. De ces excès de désirs, de ce conflit d'intérêts divers, de la vive rivalité survenue entr'eux, pendant laquelle, pareils au chien de la fable, chacun lâchait sa proie pour n'en saisir que l'ombre, provint cette longue suite de guerres mercantiles qui désolent le globe, et auxquelles ils devient impossible d'assigner un terme.

La tranquillité des premiers rapports commerciaux se soutint néanmoins quelques temps ; mais on la dut moins à la justice et à la modération des rivaux, qu'aux démêlés politiques ou religieux qui régnaient entr'eux, ou qui déchiraient leur propre sein.

Ce n'est qu'au dix-septième siècle, que la France, l'Angleterre et la Hollande parurent ambitionner des établissemens dans le Nouveau-Monde.

Note 55.

Peuple aimé de Neptune, industrieux Batave !

La Hollande est un pays comme submergé par les eaux, dont les habitans n'ont pu, dans le principe, tirer leurs alimens, qu'en saignant une partie du sol pour en jeter la fouille sur l'autre, et la consolider.

Heureusement ses côtes abondent en poisson, et cette féconde ressource y a toujours remédié à l'insuffisance du produit des champs. Elle a plus fait ; c'est sur elle que les provinces des Pays-Bas ont fondé les bases assurées et permanentes de leur prospérité. C'est aux pêches de mer qu'elles ont dû long-temps une quantité de marins exercés, une marine de guerre puissante, et des branches de commerce très-lucratives, que nul autre peuple, indépendamment de l'économie naturelle de celui-ci, ne pouvait faire à moins de frais.

Accoutumés à une vie frugale et laborieuse, les Hollandais furent des premiers à s'adonner au transport économique des marchandises ; et ils furent long-temps les courtiers maritimes des villes les plus commerçantes de l'Europe. On les voit dès le quatorzième siècle, de concert avec les villes anséatiques, être les intermédiaires du commerce du Nord au Midi, et du Midi au Nord.

Par eux-mêmes, ils ont fourni régulièrement une prodigieuse quantité de poissons secs, fumés ou salés, et d'huiles à brûler ; sorte de négoce, dont le fonds ne leur coûte que la peine de le prendre, et dont la plus grande partie s'apprête sur leurs rivages.

Toujours riches, puissans et tranquilles, si leur ambition s'était bornée à ces occupations mercantiles, qui déjà

leur avait acquis une force nationale majeure, et un rang
distingué parmi les puissances de l'Europe; malheureusement pour l'état, ils furent atteints de la maladie à la
mode, du désir d'acquérir des Colonies purement de luxe;
et se jetant sur celles que les Portugais possédaient aux
Indes-Orientales, ils les en dépouillèrent. C'est de cette
conquête, qui leur a valu long-temps le débit exclusif des
épiceries, le plus lucratif de tous les débits, que datent
néanmoins la langueur politique de leur état, et son avi-
lissement actuel. Après cet exemple, quelle sera la puissance qui osera fonder la permanence de sa grandeur sur
des spéculations coloniales?

Le tyran dont il est question au second vers suivant,
est Philippe II qui, pour exécuter ses ordres cruels, eut
un digne second dans la personne du duc d'Albe.

Note 56.

Albion, le souci du maître du trident.

L'insulaire Breton n'a pu que se familiariser de bonne
heure avec l'élément qui l'environne, et y asseoir les bases
de sa fortune. On voit, en effet, les Anglais hanter les
mers très-anciennement; et faute d'y avoir alors en vue
des profits légitimes, détrousser les navigateurs étrangers,
et s'enrichir de leurs dépouilles.

C'est vraisemblablement à cette assiduité à battre les
flots, aux fréquentes occasions d'y exercer leurs pirateries, et à la facilité de ne pouvoir être forcés à les restituer, qu'ils doivent cet esprit de brigandage, soutenu
constamment, et qu'ils exercent plus que jamais.

C'est de l'emploi habituel qu'ils en font, et qui chaque
fois leur vaut, du premier coup, la faiblesse de leur

adversaire , et une augmentation de leurs moyens offen-
sifs , que leur cabinet a eu le front d'établir en maxime
d'état , que c'est le moment de l'agression , et non celui
de la déclaration de guerre, qui constitue celle-ci. Maxime
fort commode, et pareille à l'action d'un coupe-gorge ,
qui commence par coucher en joue et abattre à l'improviste le voyageur paisible , afin de le mettre hors
d'état de se défendre, et de pouvoir le dépouiller sans
danger.

Consultez l'histoire anglaise, vous verrez ses vols maritimes , et ses prétentions à la suprématie arbitraire de
l'Océan , se perdre comme dans la nuit des temps. Vous
la verrez constante à en exiger impérieusement l'aveu en
pleine mer, des mariniers de tous les pays ; et dans les
cas de guerre, défendre à tout bâtiment neutre d'entrer
dans les ports de ses adversaires , sous peine d'être saisis
ou brûlés, et ne point s'en tenir aux menaces , mais y
joindre les effets.

Ces hostilités commencèrent sous Edouard III à devenir plus ouvertement encore l'une des lois du code maritime de l'Angleterre. Elle devint en pleine vigueur sous
Elizabeth, Charles I.er, et pendant le protectorat de
Cromwell. Elle est loin aujourd'hui de tomber en désué-
tude, à moins que l'Europe coalisée ne parvienne à exiger que ce tyran des mers renonce à ce cruel et long
abus du droit des gens.

Les deux vers suivans désignent la fameuse expédition
maritime de Philippe V , équipée, sous le nom d'*invinci-
bile Armada* , pour envahir l'Angleterre, et dont la plus
grande partie fut détruite dans la Manche par des tempêtes
horribles.

Note 57.

Et vous des fiers Gaulois illustres rejettons.

La France doit à l'esprit guerrier de ses peuples, à ses alliances continentales, aux produits abondans et variés de son sol, à l'aptitude, au goût exquis, à l'heureuse imagination de ses ouvriers, et par-dessus tout cela, à sa position géographique, l'adoption de son Gouvernement militaire, ainsi que la tiédeur qu'elle a sans cesse témoigné pour les opérations de mer.

Se suffisant ainsi à elle-même, trouvant encore en son sein de quoi se former d'honnêtes bénéfices, en commerçant avec les royaumes voisins, sans se dépeupler, sans se démunir de son numéraire, sans forcer ses dépenses, sans grossir ou multiplier les impôts, hors quelques cas désastreux, elle avait pour système de conserver entières ses forces de terre contre ses ennemis du Continent, bien plus redoutables pour elle que toutes les flottes de la Grande-Bretagne, accumulées pendant des siècles. C'est néanmoins dans ces temps, avant de posséder des Colonies, et d'être puissance maritime que, crainte ou respectée en Europe, elle y occupait le premier rang politique; comme il est de fait aussi, qu'elle en avait beaucoup déchu depuis, avant la révolution, nonobstant ses Colonies et ses forces de mer.

C'est donc ainsi que le Gouvernement français, visant par caractère, par habitude ou par principes, à la conservation de l'état, plutôt qu'à l'opulence mercantile, n'ambitionna que fort tard, et par l'effet de l'impulsion générale, à briller dans le commerce maritime. Ce fut vraiment pour se mettre à la mode, qu'il montra ce

désir ; car jusqu'alors, avec l'heureuse position de ses ports
sur la Méditerranée et sur l'Océan, qu'avait-il entrepris
de semblable ? Dans plusieurs de ses provinces, il ne
manquait pas de sujets disposés au trafic de mer, et aptes
aux opérations qu'il demande ; mais, nul encouragement,
nul effort, nulle attention, ne leur avaient été accordés. Les liaisons lucratives de la France avec le Levant
provinrent indirectement de l'établissement de nos manufactures sous Louis XIV.

La tiédeur, à cet égard, du ministère français mérite
d'être remarquée. Avant que le système colonial régnât
en Europe, il ne songea jamais à monter une marine,
qu'en des cas momentanés, et pour des besoins urgens,
sans aucun rapport avec le commerce, comme sous Charlemagne, du temps des croisades, etc.

Le caractère français, léger et impatient, n'est réellement pas propre à de grandes opérations maritimes, où
il faut nécessairement de la persévérance, de l'obstination, et un esprit public éclairé, qui sache faire quelques sacrifices préalables, et ne pas se rebuter de quelques obstacles passagers, en vue d'un succès qui en deviendra permanent, et d'un ample dédommagement.

La somme de ces considérations n'avait vraisemblablement point échappé à deux de nos plus fameux ministres,
Sully et Colbert ; car, à l'époque où les Hollandais et les
Anglais commençaient à prendre leur grand essor commercial sur mer, l'un ne recommandait à la France que
le labour et le pâturage, comme les deux mammelles d'un
état ; l'autre, bien que témoin des succès sur mer de
nos voisins, ne donna ses soins particuliers qu'à l'établissement de nos manufactures ; présumant, sans doute,
que le débit de leurs ouvrages, joint à celui de nos pro-

ductions territoriales, suffirait, comme auparavant, à conserver au royaume sa fortune, son rang et sa sûreté.

Tel est l'exposé succinct, mais suffisant, des raisons de
ce qu'en France il n'y a jamais eu, ni de la part du gouvernement, ni de celle des sujets, d'esprit public décidé
et soutenu pour les grandes entreprises de mer ; qu'on n'y
a point vu se former de ces associations particulières,
qui les embrassent d'une manière plus étendue et moins
douteuse ; que les compagnies commerçantes, quoique
soutenues par le gouvernement, ont beaucoup plus coûté
à l'état qu'elles ne lui ont rendu ; que, dans ce royaume,
une banque y est un phénomène ; que relativement à toute
espèce de négoce, on n'y a jamais dressé qu'un échafau-
dage chancelant, et suivi qu'un système décousu, incohé-
rent, auxquels il fallait sans cesse toucher et retoucher ;
qu'enfin, à chaque traité de paix, depuis cent ans, on
s'est soumis ignoblement à des cessions et à des clauses
qui, toutes en faveur de l'ennemi, et ruinant notre commerce, marquaient le peu de cas que le gouvernement en
faisait, ou son ignorance à cet égard.

NOTE 58.

De même ces rivaux, etc.

Sous le règne d'Elizabeth, l'Angleterre réclamant les
droits que la navigation de Sébastien Cabot lui avait
acquis sur la partie Nord-Est de l'Amérique, et ne re-
doutant plus les armes de l'Espagne, songea sérieusement
à prendre possession de ces pays, en y formant des établissemens. La reine commit ce soin à Raleigt et à Drake.
Les prétentions de cette puissance commençaient à la

Virginie

Virginie proprement dite , et finissaient à la nouvelle
Ecosse.

Au milieu de ces deux points , les Hollandais occupaient déjà , sous le nom de la nouvelle Belgique , les
pays appelés depuis New-York.

Le désir d'avoir de Colonies étant devenu général , la
France avait aussi pris possession de ses découvertes dans
le Nord de l'Amérique , et Samuël Champlain y jetait les
fondemens de Quebec. L'ile de Terre-Neuve ne nous était
point disputée , et nos meilleurs marins allaient annuellement sur ses bancs à la pêche de la morue.

Des corps d'aventuriers , composés de ces mêmes peuples , se portant sans autorisation dans l'Archipel américain , parvinrent à y occuper quelques îles ; mais fréquemment inquiétés par la marine espagnole, ils ne purent s'y fixer solidement et de l'aveu des métropoles ,
que beaucoup d'années après.

Cependant , ni ces Colonies-ci ni celles du Nord
n'acquirent de long-temps de la prospérité. Ce fut la faute
des gouvernemens qui , dans le principe, les confièrent à
des compagnies exclusives. Celles-ci , plus avides de gains
momentanés qu'envieux d'établissemens riches et perma-
nens , ou , faute de fonds , ne pouvant pas remplir leurs
engagemens , abandonnaient ces projets et les laissaient
imparfaits. Ces fausses opérations néanmoins , je l'observe
à regret, appartiennent plus particulièrement à la France :
j'en ai esquissé les raisons dans la note précédente. Elle
fit pire , comme nation commerçante , en excluant de ses
Colonies tout individu qui ne professait pas la religion
romaine.

NOTE 59.

Leurs essais ne sont pas de vaines tentatives.

L'avidité des puissances jalouses des riches Colonies de l'Espagne et du Portugal, n'étant pas satisfaite des établissemens dont je viens de parler ; excitées encore par la faiblesse où ces royaumes étaient tombés, elles résolurent enfin de profiter des occasions propres à leur procurer au moins des possessions, dont le sol produirait des denrées recherchées et d'un haut prix.

Alors prit naissance, entre ces assaillans et ceux qu'ils voulaient dépouiller, cette longue lutte qui, profitant de tous les démêlés indirects des guerres de l'Europe, recommençait à chaque rupture de paix, et quelquefois sans ce prétexte, ensanglantant chaque fois les mers et le sol de l'Amérique.

C'est ainsi que les Anglais acquirent la Jamaïque et quelques îles du Vent ; nous, une plus forte portion de ces îles, la partie française de Saint-Domingue et une grande étendue de la Guyane ; les Hollandais, la partie de celle-ci qui nous borne au nord, Curaçao et Saint-Eustache ; et les Danois, Sainte-Croix et Saint-Thomas. Par la suite, les Hollandais conquirent le Brésil ; mais ils ne le gardèrent que quelques années.

Durant le cours de ces conquêtes, parurent les flibustiers si fameux par leur hardiesse et leur intrépidité : genre nouveau de guerriers qui, rassemblés de la lie des peuples, n'étant qu'une poignée de combattans, et montés, pour ainsi dire, sur des nacelles, attaquaient et enlevaient les plus forts galions de l'Espagne, désolaient sa marine marchande, pillaient ou mettaient à contribution les florissantes cités de ses Colonies. Les flottes royales, avec le grand coût de leurs armemens, et l'appareil imposant de leurs vaisseaux, n'eurent pas de succès supérieurs à ceux des flibustiers. La gloire que ces aventuriers y acquirent eût effacé tout autre éclat de ce genre, si celui de leurs audacieuses entreprises n'eût pas été terni le plus souvent par des traits révoltans de barbarie et d'inhumanité.

A la même époque, les dix-sept Provinces-Unies, par hasard ou par l'effet d'un calcul profond, préférèrent d'aller attaquer l'Espagne dans ses possessions asiatiques : ce royaume, devenu maître du Portugal, possédait à ce titre les îles à épiceries. Ce fut vers elles que les Hollandais, en habiles commerçans, dirigèrent leurs hostilités. Ils n'y eurent point, à la vérité, des conquêtes faciles et promptes ; mais se roidissant contre les difficultés, et surmontant tous les obstacles, ils parvinrent, par leur persévérance et des efforts redoublés, sur-tout en profitant de la haine des insulaires envers les Portugais, devenus maîtres injustes, cruels et hautains, à leur enlever ces riches possessions et à dominer dans les mers de l'Asie.

NOTE 60.

Ils s'entendaient alors, etc.

Les puissances victorieuses, dont on a parlé dans la note précédente, ne restèrent pas long-temps unies : quel lien amical peut exister entre des rivaux, et quel est le commerce qui soit sans concurrens, à moins que les produits, qui en forment la base, n'appartiennent exclusivement au sol de ceux qui en trafiquent ? Celui des Colonies divisa les peuples qui les avaient conquises. Elles furent la fatale pierre d'achoppement contre laquelle leur avidité heurta et dont l'ardeur, constamment soutenue, n'a point discontinué depuis de noyer le globe de sang.

Aussi long-temps, avant d'être rivaux, qu'ils crurent de leur intérêt de s'opposer à l'accroissement du vaste empire de Charles-Quint, aux armes ou aux intrigues de Philippe II, la France, l'Angleterre, la Hollande et l'Alle-magne, en partie, unirent leurs efforts contre ces puissans adversaires. Le danger passé, leur concurrence n'écouta plus que la passion qui l'avait créée.

On a lu les nomberuses et vives hostilités que leur alliance alluma en Amérique et aux Indes. Ces événemens eurent lieu depuis le règne de Henri IV, contemporain d'Elizabeth, jusqu'à celui de Louis XIII. inclusivement. Durant cet intervalle, la Hollande, et l'Angleterre, se disputant déjà l'empire des mers, donnèrent au monde le spectacle d'une guerre maritime la plus opiniâtre et la plus disputée, dont l'histoire fasse mention.

Le siècle d'après, l'ambition supposée de Louis XIV, arma l'Europe contre lui, à l'instigation de ces deux riva-les réunies passagèrement; et quoique le commerce n'en fût pas la cause principale, les Colonies n'en devinrent pas moins un théâtre d'animosités, où l'on se disputait des possessions depuis le Canada jusqu'au détroit de Ma-gellan et dans les mers de l'Asie.

La marine française ayant comme expiré au combat de la Hogue, l'Angleterre, demeurée sans ombrage de ce côté, devint aussitôt l'émule ouverte ou secrète de la Hol-lande; la première avait déjà de riches possessions dans l'Amérique du Nord. Mais, insuffisantes à son ambition, elle conçut le dessein de déposséder les Hollandais et les Français de leurs établissemens aux Indes-Orientales et sur les côtes d'Afrique. C'était un projet prémédité depuis long-temps; car, dans ses coalitions avec les Pays-Bas, elle avait eu auparavant l'adresse d'insérer des clauses en apparence favorables à cet état, mais qui tendaient sourdement à affaiblir la marine de celui-ci, en agrandissant la sienne.

A mesure que les occasions lui en devinrent propices, on la vit donc se glisser dans les mers de l'Inde ; ici, glaner secrètement dans le commerce des Hollandais ; là, le rivaliser plus ouvertement ; ailleurs, y employer la force ou la ruse. Par-tout s'appliquer à les supplanter, soit en les décriant et les rendant odieux aux naturels du pays, soit en donnant leurs marchandises à perte ; n'oublier, enfin, aucune mesure, aucun effet, aucun sacrifice, pour parvenir à ce but chéri, d'être la seule maîtresse du commerce Oriental, comme elle tendait à l'être de celui d'Occident.

Tels furent les effets de l'insatiable cupidité. En y réfléchissant de sang froid, on ne peut s'empêcher de gémir sur les flots de sang humain, que ces événemens firent répandre : sur celui premièrement qu'on arracha, sans miséricorde, des flancs des indigènes, et ensuite sur les torrens qu'en fit couler la rivalité des Européens.

L'histoire de ces temps funestes ne présente donc que les effets de la soif des richesses, soit dans les conquêtes premières, soit dans les démêlés mercantiles et les guerres longues et sanglantes qui s'ensuivirent. Sort déplorable s'il en fut jamais, et qui n'aura point de terme, à moins qu'un épuisement total, vraisemblablement assez prochain, n'y force les puissances de l'Europe ; ou, ce qui est moins à présumer, que les peuples, désespérés de la perpétuité des maux qu'engendrent les Colonies, ne les abandonnent à leurs Colons, et que ces pays indépendans soient alors ouverts indistinctement à tous les pavillons.

Note 61.

Jaloux de leur trafic, ardens dans les disputes.

On composerait de nombreux volumes du récit seul des querelles qui se sont élevées entre les puissances mariti-mes. Tout ou rien : telle est leur devise. Le moindre profit perçu par un concurrent envenime leur esprit et les excite à le ravir par la voie des armes. N'attendez point de leur part de vraie paix : la paix dont elles con-viennent n'en est jamais une véritable. C'est une trève occasionnée par la lassitude des combattans, et qui sera rompue à la première lueur d'une chance favorable. Ainsi se conduit et se comportera éternellement la passion qui préside au système commercial.

Note 62.

Que son sol en entier à ton commerce ouvert.

Les débats politiques, quelle qu'en soit la cause, qui mettent les armes à la main à deux peuples rivaux, ne sont presque jamais nuisibles à eux seuls : leurs voisins, d'autres encore éloignés, en ressentent souvent de funes-tes contre-coups. Anciennement ces effets étaient plus limités ; mais depuis que l'inquiétude européenne a par-couru toute l'étendue du globe, et qu'il n'est point de cli-mat où son commerce n'ait pénétré, il devient impossible que nos puissances maritimes tirent un coup de canon hos-tile, sans que le bruit n'en retentisse jusqu'aux extrémités de la terre, n'y allume les torches de la discorde, et n'y entretienne le feu de la guerre.

Note 63.

Nul bienfait ne naquit de leur vaste progrès.

Cet axiome est répété en mille endroits, et la preuve en est bien sensible, puisqu'à mesure que le numéraire accroit dans un royaume, le prix de toutes choses y augmente dans la même proportion. Peut-on assurer que le prix du pain ne serait pas monté en Europe à trente ou quarante sous la livre, un écu peut-être, si l'or et l'argent qui y ont été importés depuis trois cents ans, ne fussent allé s'enfouir dans les Indes-Orientales ?

Les seuls qui gagnent dans l'introduction des métaux, sont ceux qui les perçoivent à leur arrivée, à cause d'un certain laps de temps que demande l'accomplissement du niveau où se mettra, dans les provinces intérieures, l'augmentation du signe avec la valeur des objets réels. Avant cette époque, ces heureux mortels ont profité du bénéfice de l'importation des métaux. Leurs acquisitions ont bientôt doublé, triplé de prix, suivant la rapidité des affaires.

C'est cet avantage particulier et local, restreint quelquefois à une ville, ou à un médiocre département maritime qui, fascinant les yeux de la multitude, et suspendant même les réflexions des gens qui pensent mûrement, donne, en général, à présumer que la patrie en devient plus riche et plus brillante. Oui, sans doute, pour quelques années ; mais en acquiert-elle plus de force et de prépondérance ? En est-elle moins à l'abri des revers et de sa décadence ? Le sort actuel des puissances maritimes répond suffisamment à la flatteuse présomption des amis de l'opulence métallique. Il en est de l'état présent

de la France, de la Hollande, de l'Angleterre même ;
comme de celui où tombèrent assez précipitamment l'Espagne et le Portugal. L'argent importé chez ces derniers,
leur donna, dans le principe, une supériorité marquée
dans l'Europe, en quantité d'occasions ; mais répandu ensuite dans les autres états, ce grand avantage s'éclipsa,
et ces peuples argentiers sont devenus les moins riches et
les moins puissans de tous.

NOTE 64.

Il déprave les mœurs, il amollit les bras.

Ceci n'a pas besoin de commentaire. La cupidité est
insatiable de richesses. Celles-ci introduisent le luxe ; le
luxe, la mollesse, l'intempérance, la débauche, l'irréli-
gion, etc., et de ce cortége impur provient tout ce qui
infecte la société, soit au physique soit au moral.

Observons l'Angleterre. Sa marine se soutient encore
avec splendeur, moins peut-être par l'effet de son ancienne discipline, et l'orgueilleux souvenir de ses trophées,
que par la longue imprévoyance des autres puissances maritimes. La première, ayant su les tenir long-temps
divisées, elle a eu bon marché de chacune d'elles en
particulier ; subjuguées aujourd'hui, reconnaissant leurs
torts, mais hors d'état de les réparer, on peut dire que les
Anglais n'ont plus d'adversaires sur mer.

C'est tout l'opposé sur terre ; jamais ils n'y furent aussi
faibles. Qu'est-ce qui leur manque ? Le courage ? Non.
Mais une sévère discipline, une meilleure tactique, plus
d'habitude à la fatigue et aux privations, plus de talent
militaire dans leurs officiers ; et par-dessus tout, leur ancien esprit public, vertu sans laquelle aucune nation n'ac-
complit rien de grand ni de glorieux.

Quelques traits authentiques ont prouvé dernièrement, comme quoi tout est vénal à la cour, ou s'accorde à la faveur, à l'intrigue, à de viles sollicitations. On y voit les princes même du sang royal recevoir, comme un tribut qui leur est dû, leur portion dans les pirateries exercées sur mer; ailleurs, on est distingué par des décorations honorables; dans cette île affamée d'or, on n'est considéré qu'autant qu'on en regorge.

Qu'y est devenu encore ce parlement, juste équilibre entre les droits du peuple et l'autorité du souverain ? Il n'existe plus que l'ombre de ce corps. Si quelque rare voix s'y fait entendre en faveur du bien général, mais dans un sens qui n'est pas celui du cabinet ministériel, elle y est aussitôt étouffée par des bourdonnemens salariés à cet effet; ou le ministre lui-même présent ose la tancer et lui imposer silence. Ces derniers soupirs de la constitution mourante inquiètent encore le parti de la cour; et pour n'en entendre plus la faible expression, le parlement est sans cesse prorogé; disons mieux, ce corps n'existe plus en Angleterre.

L'amour des sciences, le goût de la bonne littérature, la perfection des arts y ont reçu des échecs sensibles. A Milton, à Locke, à Newton, ont succédé des faiseurs de romans.

J'ai parlé de l'esprit public. On n'y voit plus régner cette rivalité politique, utile à l'état, qui distinguait les Wighs et les Torrys. A ces factions ont succédé des partis bruyans, qui se disputent sur le plus ou le moins de mérite d'un acteur ou d'une cantatrice, et dont ils payent le talent fort au-dessus des récompenses accordées aux plaies et aux cicatrices reçues au service de la patrie. Il semble enfin que ce peuple, réputé sérieux et réfléchi, ennemi

sur-tout de la frivolité, en ait contracté exclusivement le
goût.

C'est aussi sur ce sol, où la cupidité mercantile a le
plus solidement établi son trône, que se fabriquent ouvertement de fausses monnaies, de fausses expéditions, de
faux passeports, de fausses signatures, et des contrefaçons
de toutes sortes de papiers, destinés à surprendre la bonne
foi des peuples, en foulant aux pieds les conventions les
plus salutaires.

NOTE 65.

Il dépeuple les champs en surchargeant les villes.

Cette émigration est d'un effet indispensable, lorsque
l'ardeur de s'enrichir a pénétré, comme une épidémie générale, des rives d'un royaume jusques dans ses provinces
intérieures : de celles-ci partent alors des multitudes d'as-
pirans à la fortune, qui volent vers les cités voisines de
la mer ; les uns avec des capitaux, qui désormais seront
soustraits aux manufactures ou à l'économie rurale ; les
autres, avec leurs bras seuls, dont ils privent également
ces deux pivots des états.

Cela se reconnaît dans toutes les villes où le commerce
de mer est florissant. Sur cent familles, les quatre cin-
quièmes n'en sont pas originaires. Celles-ci, entraînées
par l'appât de l'or, y sont accourues de tous les coins
du royaume, des villes intérieures, des bourgs, des villa-
ges, des hameaux.

Les travaux des champs sont trop monotones et trop
durs ; ceux des manufactures n'offrent point d'assez grands
bénéfices à des gens chez qui la mollesse, la dissipation,
l'extrême soif de s'enrichir, deviennent journellement plus

marquées. Il ne faut point d'ailleurs de capitaux pour parvenir dans le commerce maritime sur-tout. On arrive, on est commis dans une maison, et par une conduite sage et économe, on obtient du crédit : en voilà assez pour aller loin. On a encore pour soi les chances de la fortune; assez souvent elles sont favorables. Ont-elles été contraires ? On en est quitte pour déposer son bilan, ressource réservée au malheur, mais dont la fraude profite trop frequemment.

Cependant quantité de ces émigrés prospèrent, et tel, dans leur nombre, est arrivé, comme on dit, un pied chaussé, l'autre nu, qui parvient à posséder des millions. Le bruit d'une fortune pareille, portée par la renommée vers le lieu où naquit cet heureux mortel, suffit pour y tourner toutes les têtes, et en rendre bientôt les campagnes désertes.

Je ne donnerai qu'un exemple de cette fureur d'accourir de tous les coins des royaumes vers les villes riveraines, soit pour les habiter, soit pour aller peupler les Colonies. A l'époque de la plus grande prospérité des nôtres, on a vu le prix du café tomber en France, dans les entrepôts, à huit sous la livre, et ce prix ne répondait qu'à celui de deux livres du pain de fine fleur de farine. Chaque année on doutait s'il y aurait suffisamment de blé; quelquefois les craintes se réalisaient, et l'abondance du superflu y était extrême. On ne saurait imaginer de circonstances plus précaires.

J'ai parlé plus haut des faillites. La loi qui, en France, n'accorde aucun privilége, dans le commerce, à la denrée du cultivateur, me paraît injuste envers lui, et tendre lentement au dépérissement de l'agriculture.

Je conçois aisément, qu'un homme de commerce, que les hasards attachés à sa profession auront dépouillé de ses capitaux, tombe dans une situation plus fâcheuse que ne l'est celle d'un cultivateur, poursuivi également par les fléaux des saisons. Le sol reste à celui-ci, et il y trouve son logement et sa subsistance.

L'agriculteur néanmoins ne manque pas de circonstances écrasantes, si, aux gelées, à la grêle, aux orages, aux inondations, à la sécheresse, au ravage des insectes, etc., on joint la perte des récoltes que les faillites lui auront emportées.

Voilà donc presque une égalité de hasards contraires entre le cultivateur et le commerçant. Mais le premier a en sa faveur, dans tous les cas, qu'il n'a point provoqué ces événemens malheureux; au lieu qu'on peut reprocher quelquefois au second, d'avoir péché par témérité dans ses entreprises, ou par les trop fortes dépenses de sa maison : chose commune dans les grandes villes.

Une autre compensation entr'eux, c'est que si l'agriculteur conserve son fonds de terre, et des moyens de subsister dans ses infortunes, le commerçant a des ressources fréquentes dans les fonds d'autrui, qui passent momentanément par ses mains, tant que son crédit subsiste.

Le crédit renaît journellement, dans les places de commerce, en faveur des faillis : autre avantage que n'a point le cultivateur. Celui-ci n'a donc, lorsque les pertes viennent à l'assaillir, que ce double choix, aussi désavantageux pour lui que pour l'état, d'abandonner ses terres aux ronces et aux chardons, ou d'emprunter à de gros intérêts, ce qui est à peu près la même chose.

Tout balancé, j'estimerais juste une loi, qui déclarerait que le prix de la denrée d'un cultivateur, acquise directement de lui par un homme de commerce, ne pourrait, en aucun cas, être comprise dans le bilan de celui-ci ;

sauf à prolonger, en faveur de ce dernier, les échéances des payemens dus au premier.

Les gros frais annuels qu'exige sur-tout la culture des vignobles sont d'un grand poids en faveur d'une pareille loi.

NOTE 66.

L'amour de la patrie est en lui comme nul.

Il y a des choses dont l'aspect varie du blanc au noir, selon la manière dont on les considère.

On allègue en faveur du patriotisme des capitalistes, que leurs richesses même répondent de leur attachement à l'état; que le nombre et l'étendue de leurs entreprises accroissent les revenus nationaux; qu'ils payent exactement et en entier les impôts publics, quelqu'onéreux qu'ils soient, et que leur or subvient souvent au secours du gouvernement épuisé.

Cet exposé est séduisant; mais sous le couvert de quelques légers avantages, on en suppose de bien grands, qui peut-être n'eurent jamais lieu.

En effet, quel est le but des capitalistes, banquiers, fournisseurs, fermiers des domaines ou des deniers publics, commerçans, et autres pareils brasseurs d'affaires? De mettre leurs fonds en circulation, et de les faire valoir au plus haut denier.

Il est difficile de se persuader que, pénétrés de pareilles idées, et se livrant à de semblables occupations, ils soient exclusivement dévoués aux intérêts de la patrie. Il est plus naturel de penser, et l'expérience ne l'a que trop prouvé, que toutes leurs avances en faveur de l'état ne sont que de pures spéculations d'agiotage, dont les conditions accablantes augmentent sa fâcheuse situation, et tendent à ruiner ses finances.

Si dans leurs entreprises encore, il arrive qu'ils soient gênés, dérangés ou maltraités par des événemens politiques, quelque avantageux qu'ils puissent devenir à la patrie, combien leur amour pour elle en est sensiblement refroidi ! L'aigreur qu'ils en montrent, les reproches qu'ils se permettent, les indemnités qu'ils reclament, les sûretés qu'ils exigent, tout annonce suffisamment, qu'en eux, le bien de l'état est fort au-dessous de leur intérêt particulier.

En affaires, d'ailleurs, la patrie comprend le monde entier. Qu'un Russe, par exemple, ait étendu ses relations de commerce dans le Midi de l'Europe, il sera alors Français, Espagnol, Portugais, Barbaresque, Italien, Turc, dans les intérêts qui lui seront communs avec ceux de ces peuples.

Est-il un capitaliste en Europe, qui, ayant placé des fonds dans la banque de Londres, ne serait désolé de la chûte de cet établissement, fût-elle à l'avantage de sa patrie ? Il y a mille cas semblables.

Il s'en offre un aujourd'hui, dont la généralité donne bien du poids à mon assertion. Ce sont les efforts continuels des peuples de toutes les rives de l'Europe à l'effet d'y introduire des marchandises anglaises. Ils n'ignorent pas que cette contravention aux volontés de leurs souverains, maintient l'ennemi le plus prononcé de tout autre commerce que le sien, dans la ferme résolution de ne jamais donner de fin à sa tyrannie, et qu'elle l'aide puissamment en cela. Certes, ce n'est pas plus aimer sa patrie, que ne la chérissaient certains négocians, en fournissant toutes sortes de munitions de guerre à un état ennemi du leur.

Le cosmopolisme est un sentiment louable, sans doute ;

mais l'application en doit être fort restreinte en politique: Car, de même que notre conservation nous est plus chère que celle de tout autre individu, la sûreté, la gloire, la prospérité de l'état dont nous faisons partie doivent nous intéresser plus vivement, que le sort de tout autre peuple, jusqu'à sacrifier à cet intérêt, en des cas urgens, notre fortune et nos jours.

Ces maximes ne sont pas nouvelles. Sans en aller puiser des exemples parmi les peuples les plus estimés de l'antiquité, notre noblesse les pratiqua volontiers. Il n'était pas rare de trouver chez elle des guerriers généreux qui, ayant sacrifié une partie de leurs biens au service de l'Etat, s'en estimaient suffisamment dédommagés par le sentiment seul de s'être acquittés ainsi d'un devoir essentiel.

Au reste, il n'est aucune classe de capitalistes qui ne soit utile et même nécessaire dans un Etat ; mais en fait de dévouement aux intérêts de la patrie, il ne faut pas leur accorder la palme : si parmi eux, il y a eu quelqu'un qui l'ait méritée, cela prouve seulement qu'il n'y a point de règle sans exception.

NOTE 67.

De quelle guerre, ô Dieux, s'occupe-t-il encore, etc.

Parmi les guerres qui ont désolé ce globe, il n'y en a point eu de plus envenimées, ni de plus acharnées, que celles qui se disputaient l'empire des mers. l'humanité y a toujours eu à gémir doublement, et des fléaux qui en sont inséparables, et des excès auxquels peuvent se porter la bassesse de l'ame et la dépravation du cœur.

Si l'ambition en a suscité quelquefois d'aussi vives et d'aussi meurtrières, du moins s'y mêla-t-il fréquemment des traits qui n'appartienent qu'à des caractères généreux , à des ames élevées, à des sentimens nobles et humains ; le cœur respire en les lisant , et se sent en quelque sorte soulagé du malheur de ces contestations.

N'attendez pas de pareils traits de la cupidité. Le foyer de cette passion devient de plus en plus ardent , à mesure que ses jouissances augmentent ; et sa jalousie ne connaît aucun frein, s'il s'offre à ses yeux un rival qui lui en envie quelque parcelles. Les moyens les plus cruels et les plus infames sont ceux dont elle use , sans relâche, envers ses ennemis.

Pour en juger , il suffira de jeter un coup-d'œil sur le royaume de l'Europe , où l'avidité du gain est la plus exaltée ; d'observer quelles sont les maximes d'état que le cabinet de Saint-James a établies , et dont la progression a suivi constamment celle de la prospérité croissante de ses relations maritimes.

On en a déjà vu plusieurs traits épars dans ces notes rassemblées ; ils n'offrent qu'une série d'événemens , calculés d'après une cupidité insatiable , jointe à une barbarie réfléchie , et commis avec une impudeur qui est sans exemple.

En se les rappelant à l'esprit, on découvre clairement le système de rapines et de destruction , dont le ministère anglais ne s'est jamais écarté , à commencer de ses anciennes pirateries et de ses arrogantes prétentions sur le domaine des mers, jusqu'aux prises, en pleine paix , des vaisseaux de guerre, et des flottes marchandes qui naviguaient sous la sanction d'une profonde tranquillité, et jusqu'au blocus universel dont il use actuellement.

C'est dans cet intervalle de temps, que ses déprédations l'ayant rendu plus audacieux , il s'est permis tant d'autres atteintes envers le repos des peuples , et leurs justes

droits ;

droits ; ici, en usurpant tel point maritime du globe favorable à ses desseins ; là, en tombant à l'improviste sur des
établissemens qui lui faisaient ombrage, égorgeant les personnes, pillant les comptoirs et rasant les fortifications.
En temps de guerre, en usant de la victoire en vrai tigre ;
transplantant les familles paisibles d'un pays glacial jusques sous l'équateur, et comblant les ports de manière à
n'y pouvoir plus introduire aucun vaisseau de haut bord.

Plus déhonté que jamais, aujourd'hui que le trident de
Neptune est réellement dans ses mains, quelle rage ce
ministère ne montre-t-il pas dans ses procédés hostiles ?
Depuis les barques des pêcheurs, jusqu'aux propriétés
des puissances neutres, rien n'en est à l'abri. Sur des
craintes imaginaires, ou seulement par des motifs de pré-
caution, on le voit journellement se permettre les outra-
ges les plus signalés contre le droit des gens et l'indépendance des couronnes.

C'est d'après de semblables motifs, qu'il a ordonné l'attaque des vaisseaux des Etats-Unis et la presse sur ces bâtimens ; l'incendie de Copenhague, l'enlèvement de ses
vaisseaux de guerre, et le pillage de ses arsenaux ; qu'encore tous les navires danois, russes, et suédois, en mer
ou mouillés dans les ports de la Grande-Bretagne, ont été
saisis.

Mais la trame la plus perfide qui se puisse ourdir, c'est
l'attention suivie avec laquelle il a laissé ses alliés du continent supporter seuls tout le poids des guerres entreprises
pour ses intérêts particuliers, en différant sans cesse de
leur envoyer les subsides stipulés, soit en hommes, soit
en argent, et ne faisant mine, enfin, de les expédier,
qu'alors que ces puissances trop crédules, ont été dans
l'impossibilité de s'en servir ; ayant lui-même profité de

9

cette diversion, pour augmenter, dans l'intervalle, le nombre de ses conquêtes.

L'enfer seul a pu vomir un système aussi rempli de mauvaise foi, d'ardeur d'envahir, et de mépris de tous les droits convenus. Eh ! où en serait le genre humain, si toutes les autres cours l'adoptaient ; si, comme celle de Westminster, elles usaient dans leurs démêlés, de flammes, de poignards, de poison, d'assassins, de traîtres, de machines infernales, de feux grégeois, et d'autres pareils moyens, pour se défaire, sans risque de sa part, des têtes souveraines qui lui tiennent tête, ou qui se refusent à se ranger de son parti ?

A ces derniers traits, ou peut joindre, sans crainte de se tromper, les maximes qui ont valu à la France la révolte des esclaves de ses Colonies : elles sortirent du sein de cette mortelle ennemie, dans un temps où nous étions aussi engoués de sa philosophie que de ses marchandises. On peut encore y rapporter le massacre qui se fit, sur le rivage de Quiberon, des Français qui combattaient pour sa cause, et qu'on y abandonna à une mort inévitable.

NOTE 68.

Ses immenses profits toujours perçus en vain, etc.

Il en est d'un royaume comme d'une maison particulière. En vain celle-ci emplirait-elle ses coffres d'or et d'argent, si ses dépenses excédaient ses revenus ou ses profits.

Au milieu des gains de son commerce universel, l'Angleterre se flatterait-elle de ne pas courir également vers un épuisement total, si, quelque énormes que soient ses gains, ils sont encore annuellement au-dessous de ses

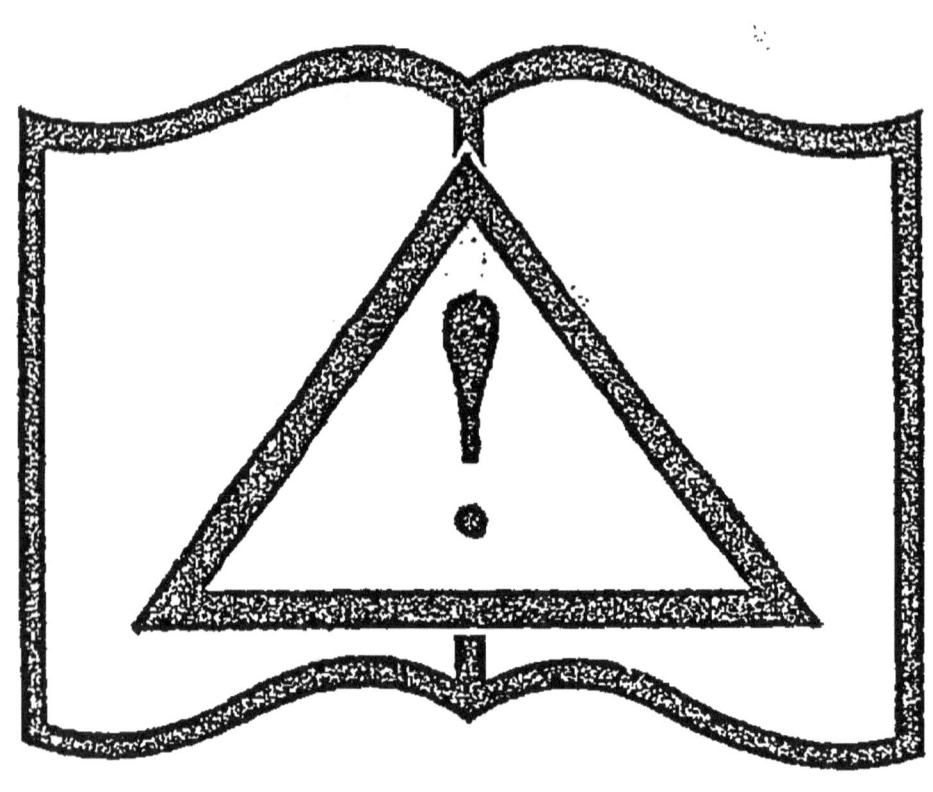

PAGINATION DECALEE

besoins ; si chaque année elle a recours à des emprunts ; et si , par la nature de son négoce , elle ne cessera jamais de recourir à cet expédient, rivalisée qu'elle est des autres puissances maritimes, comme elle est jalouse ellemême de tout concurrent ? Les trésors entiers des Deux-Indes ne feraient pas face aux frais renaissans d'une guerre, que ses prétentions au monopole et les impérieuses lois qu'elle exerce sur mer, doivent lui rendre éternelle , à moins de rabaisser de son orgueil et de sa cupidité. Quelles sommes ne dépense-t-elle pas encore pour assouvir le luxe et la dissipation de sa cour, l'avidité des favoris , les espions qu'elle entretient auprès de tous les souverains, les traîtres qu'elle a à sa solde , et pour fournir aux subsides étrangers , ainsi qu'aux moyens intéurs de corruption ?

De même qu'une maison jadis opulente se soutient long-temps, en masquant le vide de sa caisse par des signatures officieuses ; ainsi l'Angleterre ne maintient son crédit chancelant que par des ressources financières , et par l'intérêt qu'ont ses nombreux créanciers de ne pas le laisser choir totalement. Mais si la première , en usant de cet artifice, ne fait que rendre sa faillite plus certaine et plus considérable, la seconde espère-t-elle ne pas subir le même sort ? Abus ; ce sera aussi sa destinée, à moins, s'il en est temps cependant, de se guérir de la maladie qui la ronge.

Note 69.

Fastueuse Albion , colosse aux pieds d'argile ! etc.

Voyez la note précédente et celles qui suivent.

NOTE 70.

Je t'aperçois déjà ployer sous les subsides, etc.

Depuis long-temps l'Angleterre, en accroissant chaque année la masse de sa dette, creuse l'abyme où elle doit s'engloutir. Cette dette s'élève aujourd'hui à la somme effrayante de treize à quatorze milliards tournois; et comme ses besoins ne discontinuent point d'être supérieurs à ses revenus, son débet doit nécessairement la conduire à une banqueroute plus ou moins tardive, et peut-être la jeter dans une révolution qui délivrera l'Europe des guerres maritimes qui la désolent depuis deux cents ans.

Effrayée de l'énormité des sommes qu'elle doit, cette puissance les a divisées en ancienne et nouvelle dette en appliquant des fonds annuels à l'amortissement de la première. Qu'y gagne-t-elle? Ceux qu'elle y consacre chaque année grossissent d'autant le second débet.

Sa situation financière ressemble à celle d'une personne couchée sur des épines. Chaque mouvement qu'elle ferai pour se soustraire à des douleurs, lui en procureraient de pareilles et en augmenteraient le nombre.

NOTE 71.

Tes greniers aux besoins ne pouvoir satisfaire.

La politique du gouvernement anglais, a-t-on dit est de donner son attention et sa faveur au commerce exclusivement, parce qu'il a calculé qu'un matelot rend à l'état un bénéfice annuel de cinq livres sterlings, e qu'un cultivateur ne lui en rapporte qu'une.

Ce système laisse en Angleterre de sept à huit millions d'acres de terre en friche, et l'oblige à se pourvoir au dehors d'environ cinq cent mille hectolitres de blé, malgré que l'on y mange peu de pain.

Je ne suis point surpris que cette puissance commerçante ait adopté une mesure pareille. Isolée d'ailleurs du continent, sa défense extérieure dépend principalement du nombre de ses matelots.

Mais, quoique commerçante, ce système lui convient-il? J'en doute; au préalable, il serait plus humain, plus naturel et plus politique, d'épuiser ses propres ressources, en ne laissant pas un pouce de terre inculte chez elle. Ces acres abandonnés, à moins que ce ne soit des landes absolument stériles, produiraient des hommes et des fruits, qui diminueraient en ces deux genres, la quantité de ceux qu'elle extrait de dehors.

Dans sa prospérité actuelle, elle se confie sur des importations faciles et sur des enrôlemens étrangers. Mais une puissance quelconque est-elle assise sur des bases solides, en faisant dépendre sa population et ses subsistances d'une pareille méthode? Les politiques sensés ont répété les uns après les autres, qu'un royaume n'a jamais plus de force intrinsèque, qu'à l'époque où sa population et son agriculture ont atteint leur plus haut période. Dans un cas d'attaque, l'Angleterre peut-elle compter sur des soldats mercenaires comme sur les siens propres? Est-elle assurée d'avoir perpétuellement des importations libres ou aisées? Rien de plus fragile qu'une pareille situation. C'est le second tome de son système monétaire. Dans l'un et l'autre cas, c'est compter sur des succès éternels.

Ah! si des revers, que chaque jour elle provoque,

venaient à mettre un terme à ses triomphes ; ou seule
ment les rendaient moins constans, comme ces ressource
extérieures lui deviendraient difficiles! Comme ses force
en seraient ébranlées, et sa sécurité en danger! Comm
ce colosse actuel serait bientôt rabaissé à la taille d'u
Pygmée !

Je n'aperçois de bien conséquent dans cette politiqu
anglaise, que le langage de l'égoïsme commercial, et so
empressement à jouir du moment, sans le moindre sou
de l'avenir : il importe peu à la cupidité, qu'après elle
l'état croule ou soit florissant.

Note 72.

Le luxe de tes ports engendrer la misère.

Ce sont deux choses inséparables. Tandis que le rich
consomme à lui seul, par jour, ce qui suffirait à nourr
vingt familles pauvres, il faut bien que celles-ci pâtisser
de cette profusion.

On a beau alléguer que le luxe, employant quantit
de bras à son service, est l'un des grands suppôts d'u
état. Oui, si le nombre n'en était pas aussi considéra
ble ; s'ils n'étaient pas employés à fabriquer mille obje
superflus, et la plupart de matières étrangères, dont
travail sédentaire et la main-d'œuvre libéralement sal
riée, invitent une foule d'individus à déserter les champ
et d'autres occupations plus utiles. Si le luxe encore
passionné pour tout ce qui est rare et ouvré hors d
pays, ne donnait pas le plus souvent la préférence au
fabriques étrangères, et n'apportait ainsi la mort dan
les ateliers nationaux.

Les villes opulentes chargées de luxe représentent donc des têtes d'une grosseur excessive, mais qui n'ont acquis cette monstrueuse dimension, qu'au préjudice des corps exténués qu'elles ont privés de leurs sucs nourriciers. Examinez leur arrondissement ; l'or de ces cités, n'y pénétrant que tard, n'a produit aucun heureux effet, soit dans les villes, soit dans les campagnes ; précédé par des idées de fortune d'un genre nouveau, et par une émigration considérable de bras et de capitaux, il y trouve une langueur bien difficile à faire disparaître. D'ailleurs, le luxe y perce aussi en même temps que le numéraire y augmente, et c'est tout dire. Indépendamment des personnes laborieuses que les cités brillantes appellent de loin, voyez, en outre, ces essaims nombreux de fainéans et de vagabonds, affluant vers elles, assurés de trouver dans l'excédant de ce qui s'y consomme un ample moyen de vivre sans travailler. Est-ce dans un ordre aussi disproportionné, qu'un état trouve sa force et sa permanence ?

Au surplus, pour ce qui concerne l'Angleterre, les faits parleront mieux que les raisonnemens : la taxe qu'on y lève pour subvenir aux besoins de la mendicité, montait, en 1806, à près de cent cinquante millions tournois ; et actuellement, par l'énumération des pauvres, auxquels on a distribué des secours, à l'occasion du jubilé qu'on vient de célébrer dans ce royaume, il s'est trouvé que leur nombre comprenait la moitié du peuple de la Grande-Bretagne.

Note 73.

Enfin , d'un vil papier absorbant ton crédit , etc.

L'institution d'une banque ne peut être qu'avantageuse chez un peuple commerçant : la monnaie fictice qui en sort, digne de toute confiance, multipliant le numéraire, les affaires en deviennent plus étendues et plus expéditives.

Un tel établissement néanmoins n'obtient de crédit, qu'autant que la somme des billets qu'il émet ne surpasse point les fonds qu'il a en caisse , et les bénéfices présumés de ses opérations. Une autre condition essentielle à ce crédit, c'est que jamais une autorité quelconque arbitraire ne puisse s'y immiscer, ne pas y avoir la moindre influence. Telles furent long-temps les banques de Venise , d'Amsterdam et de Londres.

Mais, à l'égard de celle-ci, autant elle produisit d'heureux effets dans son principe, autant il en dérivera un jour de funestes, par les suites de l'audace d'un gouvernement qui, dans ses besoins excessifs, foulant aux pieds les lois constitutionnelles, a porté sa main téméraire sur les caisses de cette banque , et n'y a substitué qu'un vil papier. L'artifice qui le fait valoir ne peut subsister qu'un temps, au milieu des dépenses exorbitantes auxquelles l'état s'oblige de plus en plus. On ne doit donc pas craindre de se tromper , en assurant qu'il en sera de ces chiffons comme de tous ceux auxquels des circonstances forcées donnèrent naissance, et qui, de même que nos assignats, ne laisseront à leurs détenteurs, que honte, misère et regrets.

NOTE 74.

Que de jeunes essaims la multitude énorme ;

Quelle est la puissance de l'Europe qui a forcé les autres à établir une conscription perpétuelle et la fréquence
des levées en masse ?

Les étrangers en accusent la France et une foule de
Français l'en blâment également. Vraiment celle-ci dut
recourir à ces mesures extrêmes, lorsqu'à l'instigation de
l'Angleterre et de l'Autriche, l'Europe entière vint fondre
sur nos frontières, et que des armées nombreuses menaçaient déjà la capitale de l'Empire. Lorsque la première de
ces rivales , attisant le feu de la guerre de la Vendée, faisait
inonder cette province du sang Français. Dans cette crise
terrible , l'existence de la patrie dépendait absolument de
l'appel général de tous les bras propres à l'en sortir, et à
peine y en eut-il suffisamment.

Il ne faut point s'y méprendre : le but de la coalition
était bien moins de remettre l'ordre en France , ou de prévenir l'introduction de ses maximes désorganisatrices
dans le sein des autres royaumes, que de l'envahir ellemême , la dépecer, en distribuer ou s'en approprier des
provinces. Le traité de Pilnitz en est un témoignage
formel.

Sorti de ce pressant danger , notre gouvernement s'est
vu dans la nécessité de laisser subsister cette violente
ressource , puisque le cabinet de Saint-James n'a point discontinué d'employer l'or, l'intrigue, la calomnie et la séduction, pour susciter à la France de continuels ennemis,
dans les vues de la réduire si bas , qu'on la considérerait
désormais, selon l'expression de l'anglais Burke , comme

rayée du nombre des puissances prépondérantes de l'Europe
expression moins audacieuse encore, que celle du comte
Chatam, quand il disait, qu'à l'avenir il ne devait se tire
aucun coup de canon sur le globe sans l'aveu de l'Angleterre

Les chauds partisans de cette puissance, (eh ! combien
n'en a-t-elle pas parmi nous !) m'objecteront que son gouvernement se serait montré depuis plus disposé à la paix
si nos armes n'avaient pas persévéré à envahir tant de
royaumes voisins, ou à y jouir d'une influence qui en
équivaut la possession.

Cela veut dire, en d'autres termes, que la Grande-Bretagne s'est refusée aux propositions de paix, plusieurs
fois renouvelées, attendu qu'elle ne se jugeait pas en éta
de dicter, comme à son ordinaire, des lois arrogantes
spoliatrices de nos Colonies, et de tout succès commer
cial; ni se dessaisir du droit qu'elle s'est arrogé d'interdire
à sa volonté, la navigation des peuples maritimes.

Si le cabinet de ce tyran des mers, dans son dessein
permanent d'imposer à la France des conditions aussi oné-
reuses qu'humiliantes, s'est sans cesse étayé de l'appu
de ces mêmes royaumes, qui sont actuellement les alliés
de celle-ci; si, à la faveur de leur diversion sur terre, i
lui fut plus aisé d'acquérir une grande supériorité sur notre
marine, pourquoi le gouvernement français n'en userait-
il pas de même à son tour ? Des esprits de travers ou
l'aveuglement de parti peuvent seuls trouver des torts dan
cette réciprocité de mesures.

Au reste, n'est-ce pas l'Angleterre elle-même, qui, rom-
pant le traité d'Amiens, a coopéré le plus à l'extension de
cette ligue continentale? Cette rupture aussi inique que ma
voilée; son infame entreprise contre Copenhague, et son
dessein reconnu de s'emparer de gré ou non des forces de

mer de toute puissance quelconque ; ces divers griefs, mar-
qués aux coins de la cupidité et de la perfidie, ont dessillé
les yeux des souverains de l'Europe, et il n'y en a pas un,
parmi ceux qui ont des intérêts maritimes à conserver, qui
n'estime cette fédération indispensable, et qui, conséquemment loin d'y être forcé, n'y tienne fermement.

On ajoute, pour l'ordinaire, que le cabinet anglais
avait de bons motifs pour rompre la paix d'Amiens, et l'on
cite à l'appui des armemens faits à Anvers, dont il prenait ombrage. En supposant qu'ils fussent vrais, qu'avait
la Grande-Bretagne à craindre de l'équipement de quelques vaisseaux de guerre, avec la puissante marine qu'elle
a continuellement sur pied ? Ah ! soyons-en sûrs ; son
génie est assez connu pour affirmer, que si elle eût soup-
çonné la moindre hostilité dans la destination de cette escadre, loin d'éclater avant son départ, elle l'eût laissé sortir
du port, et l'aurait interceptée dans son chemin avec une
escadre supérieure.

La vraie raison de la rupture de la paix d'Amiens de sa
part, c'est l'obligation de restituer l'île de Malthe, non
pas à la France, mais à ses précédens maîtres. Chaque
jour elle éludait cette remise. espérant garder en ses mains
cette forte position furtivement, et contre la foi du traité,
comme elle en avait agi, il y a cent ans, à l'égard de
Gibraltar.

On connaît sa scrupuleuse fidélité aux engagemens
qu'elle contracte. Signés aujourd'hui, demain elle les
rompt ou les désavoue, suivant les circonstances survenues ; mais jamais sans en avoir tiré quelque profit mo-
mentané. Elle vient d'en offrir un exemple frappant dans
un arrangement avec les Etats-Unis.

Il serait impolitique, absurde même, après tant de

traits pareils, d'attendre que l'Angleterre, en possession
d'une marine supérieure à toutes les autres réunies, consente
de bon gré à la liberté des mers, l'Europe ne l'ayant pu
obtenir d'elle, lorsqu'un équilibre de forces maritimes en
rendait l'espoir bien moins chimérique.

Quelle ressource reste-t-il donc pour l'y contraindre ?
Celle de la vaincre sur terre, c'est-à-dire, d'étouffer sa
fortune dans son île même ; la lui rendre nulle, en obs-
truant tous les canaux par lesquels elle pourrait circuler
au dehors; en murant pour ainsi dire chez elle les portes
de ses immenses magasins. Le projet est hardi : il serait
néanmoins d'une facile exécution, si l'intérêt particulier
demeurait quelques temps inactif en faveur de l'intérêt général ; si, sur les diverses plages maritimes, on cessait
de faire la main au commerce anglais et d'introduire ses
marchandises sur le Continent.

Quelqu'insurmontable que paraisse cet obstacle, il peut
le devenir beaucoup moins, en mettant en vigueur des
mesures plus rigoureuses; et d'ailleurs ce débouché n'est
pas si grand, qu'il ne laisse encombrer en Angleterre
une extrême quantité de marchandises. Au reste, aux
grands maux, il faut de grands remèdes : et la persévérance dans celui-ci ne peut être prise de mauvaise part, que
par des égoïstes qui n'ont en vue que le moment actuel.

Céder aujourd'hui à l'opiniâtreté de notre mortelle ennemie, ce serait tomber dans les fautes commises sous les
deux derniers règnes, où le moindre échec nous mettait
à la merci de cette rivale haineuse et arrogante. Il ne
faudrait plus de notre part, qu'on seul trait pareil de faiblesse pour nous couvrir de turpitude et de diffamation ;
nous rendre la fable de l'Europe, et nous rayer, en effet,
du nombre de ses puissances maritimes.

Heureusement le génie qui a conçu le plan de renfermer l'Angleterre chez elle, et qui malgré mille difficultés
en poursuit l'exécution, n'est pas un souverain vulgaire,
que les obstacles arrêtent ou rebutent. Ils irritent, au
contraire, son grand courage, et ne le rendent que plus
résolu et plus persévérant dans ses hauts desseins. Le ciel
lui a donné, comme à l'ancienne Rome, de régler les
destins de la terre, en usant de bienfaisance et de magna-
nimité envers les puissances amies de l'ordre, de la justice et de la paix ; mais en s'élevant avec vigueur, et
poursuivant à outrance tout pouvoir orgueilleux qui ne
met nulles bornes à ses iniques prétentions.

Parcere subjectis et debellare superbos.

ERRATA.

Page 97, *au lieu de* routes, *lisez* proues.
Page 128, *au lieu de* notes rassemblées ; *lisez* ; notes.
Rassemblés

www.ingramcontent.com/pod-product-compliance
Lightning Source LLC
Chambersburg PA
CBHW070802280626
47162CB00016B/1592